文章

川端康成

YASUNARI KAWABATA

讲谈

[日] 川端康成 —— 著　陆求实 —— 译

商务印书馆(成都)有限责任公司出品

目 录 CONTENTS

I

新文章读本 …………………………………………… 1

II

文章学讲话（大正十四年七月）………………… 129
新文章论（大正十二年十一月）………………… 143
新文章论（昭和二十七年四月）………………… 153

I

新文章读本

前　言

少年时代，我曾读过《源氏物语》《枕草子》。那时候的我抓到什么就是什么，不管什么书都读。当然，内容理解不了，我读的只是词汇的声调和文章的韵律。

仅仅那些词汇的声调就将我一个少年带入天真的哀愁之中。换句话说，那时的我仿佛在吟唱一首无词的歌。

但是今天回想起来，这些往事似乎还是对我的写作产生了极大的影响。少年时吟哦的旋律，至今当我写作时仍会在我内心响起，我无法对它置之不理……

上面是我以前写的文章中的一段文字。今天重读，我觉得文章之道的秘密似乎就在其中。

将写作仅仅视为小说的一种技术，这种风潮使我们的文学变得多么枯燥无味。过去人们常说，文章即人品。文章是有生命的。或许，我这册小文也可算是对于"有生命的文章"的一种呼唤吧。

文章因人而变，与时俱进。一种文章消失了，另一种新的文章自会涌现，文章腐朽速度之快，远超出我们的想象。

不断掌握新的文章之道，就是在探知小说的秘密。与此同时，了解新的文章，或许也就是在正确理解过去的文章。

未来的文章正道……追求鲜活的、有生命的文章，正是我们被赋予的光荣使命。

昭和二十五年十月

第一章

∽ 1 ∾

文章之道,日新又新。二战结束之后,文章的这一特征更趋显著,但其背后流循的某种底色,却出人意料的始终不曾改变。求索一种亘古不变同时又绵绵不断地续入新生命的东西,这或许才是我们应有的文章之道。

诚然,我感觉我们的文章自昔到今已经有了一些变化,但某些东西还是得以保存,并依旧生机勃勃地延续至今。如果说我有足以向人论道的文章之论,我要说的无疑就是这种亘古不变的东西。变化显著、与时俱进固然重要,但是这种一以贯之的精神性的内涵似乎更加重要。文章本是与时俱进、与人共生的一种文化现象,然而需要补全、需要改进和变化的部分,则应当由读者亲手来完成。

这册小书的目的是将读者顺利引向真正的文章之道,故此将尽力避免口吐奇警之语,以免哗世动俗惊惑到读者,同时,也将尽力避免将我个人隘陋的文章观念强加给读者。基于这一点,对于行家学者、评论家间已成定论的内容，我则不避重复之嫌，在文中会有所涉及。

☙ 2 ❧

小说是以语言为媒介的艺术，因此小说的文章表达、文章体式，应该成为小说的重要构成要素。

艺术活动分为艺术创作和艺术欣赏两个部分。就文学而言，也就是作者的心理活动和读者的心理活动这两个过程。艺术创作过程在表达完成时便告完成，而艺术欣赏过程则从接触这种表达的时候才得以开始。换句话说，文学作品的表达是这两者的连接点，是让两者得以交会的桥梁。作者只有通过表达才能够使自己的艺术活动为自己之外的人认可，鉴赏者只有通过这种表达才能介入到整个艺术活动中。

文章表达在文学中具有极为重要的意义，正是由于这样的理由。从狭义上讲，可以说表达即内容、艺术即表达，只有通过文章表达才能了解作者试图表达的内容，除此以外别无他途。

例如，就某位作者的某部作品来说，即使作者本人对这部作品于何时、以什么艺术意图开始构思，以何种新的手法表现了什么主题，进行了详之又详的说明，而这种说明对于理解这部作品多少能够提供一些帮助,但这种说明顶多也只能是对作品所呈现出来的内容的一种解说,对于作品中没有直接表达出来的隐含内容,说多少宏大精深的理论也是于事无补的。另外,即便解说得再怎么周到详尽,也未必能完全涵盖作品所表达的世界。无论对于作者抑或对于读者,较之千言万语的解说,最重要的还是这部作品自身的表达。

不过需要注意的是,一部文学作品,从每个字词的斟酌、选定开始,直到作品完成,这无疑是作者的一段复杂的心理活动过程;同样对读者来说,从对每个字词的理解开始,直到全篇阅读结束,也是一个心理活动的过程。

作为作者的信条,表达即内容、艺术即表达并无不可,但是从艺术研究者的角度来看,理所当然应该将内容与表达区分开来进行考察。作品的内容与表达是完全一致,还是不尽相同、并因此造成了作品的缺陷……不这样来考察是不行的。将艺术笼统地等同于表达,往往会由于立场不同而使人多多少少产生一些误解。

关于文章表达,在此我们姑且不做详尽的讨论,唯有必要在此再重复强调一句:文章表达是联结作者和读者之间心理活动的唯一纽带。

3

既然小说是一种依赖于语言和文字而存在的艺术，因此作者的表达永远只能通过文章方可实现，正如绘画是通过线条和色彩来表达、音乐是通过一个个的音符来表达，小说则是通过文章来实现其表达的。

小说的构成要素，也须通过文章的表达才能最终以小说的形式得以完成。无论情节构成多么精妙，假如表达方法笨拙，作者的创作意图恐怕连一半都传达不到读者那里。从前有句俗话，"不唱歌的诗人，不写作的小说家"，作为文字游戏说说这样的俏皮话未尝不可，但实际上这是不可能的。只有写作出来，小说才成其为小说，作家藏在心里默默构思的故事，假如不表达出来，永远都无法成为一件小说作品。

对文学艺术而言，表达至关重要。这也就是说，文章对于小说而言，具有决定其命运的重要意义，而且一篇小说须发挥出语言的全部精妙，才能成为一件真正的艺术作品。不论古今和东西，优秀的作家都是耗尽一生在和语言进行毫不妥协的格斗。假如无法得心应手地驾驭语言，作家就会丧失其艺术生命。明治时代，除了作家、文士、小说家这些称呼，还有一个说法叫"文章家"。例如人们会说："他是个文章家。"放在今天，听起来也许会觉得有些古里古怪的，但在当时，人们认为小说即文章，所以小说家即是文章家，一点也不违和。倘若想表达"那部作品是杰作"，当时的人们也会说成"真是篇了不起的大文章"。这些无不证明了，自古以来文章对于小说而言是多么的重要。小说即文章、文章即小说，甚或可以说，"小说"与"文章"曾经完全是作为同等意义的词语来使用的。至少，那时对于文章的重视程度非今日可比。今天的作家动辄说，文章表达这些纯属技巧，雕虫小技而已，相比起来更重要的是内容和思想。内容和思想宏大深刻的话，文章表达就显得无关紧要。然而在过去，即使作品的内容思想再宏大深刻，但文章表达十分拙劣，也是不被认可的。所谓作家的修炼，就意味着文章的修炼。对于过去和现在这两种截然相反的观念，固然无法轻易地判定孰对孰错，唯一可以肯定的是，今天的读者自不待说了，甚至连作家，对于遣词造句、文章布局的推敲、表达的锤炼等，都看得太敷衍马虎了。

人类造物中最令人叹止的就是语言和文字，绝无俦匹。在宗教中，人们透过"无言"去感悟种种意味，在我们的日常生活中，也时常可以看到那种对于文字出现之前远古往昔的精神乡愁，但正是由于语言和文字的出现，我们才可以自豪地宣称，人类的精神和文化获得了无限的发展。

当然，语言在赋予人们个性的同时，也剥夺了人们的个性。借助于一种语言为他人所理解，人们开始获得多种多样的生活方式，然而获得的同时，人们付出的或许是丧失真实的代价。语言的理解基于人与人之间的共识，因而也可以说，以语言为表现媒介的小说，因此便有了"共识的艺术"这一可悲的宿命。不管表达的形式如何革新，人们都无法摆脱语言和文字的束缚，赢得表达的彻底自由。尽管这样，人们仍一直在同束缚者——语言和文字进行抗争，追求解放和自由，这部抗争的历史，也是文学不断开拓新天地的历史。

文章既是小说的生命，同时也是小说艺术发展的束缚者。文章不加锤炼，就会失去表达的自由；另外，假如臣服于文章，很自然的，小说的发展就可能遭遇瓶颈。

从这个意义来讲，对于有志于革新小说的人而言，表达、语言永远是其研究的对象。

○§ 4 §○

正如各国都有各国的文章体式一样，即使同一个国家，在不同的时代也有不同体式的文章。

平安时代有平安朝时代的文章体式，元禄时代、近代、战后也都有各自时期的文章体式。"平安朝的物语文学""军记物语""黄表纸""自然主义文学""战后文学"……将其罗列在一起，便一目了然。如果再细分的话，每个文学流派又有各自的文章体式，看看"新感觉派""自然主义""左翼文学""战后派"等的作品，自然就很清楚了。这一事实说明，每个作家都有自己的文章风格、有自己的文章体式。

也可以说，一名作家假如没有自己的文章风格或文章体式，就不能成为一名优秀的作家。每个作家都有个性，其个性毫无疑问必然会令他们在文章体式、文章风格上呈现出自己的鲜明特征。考察一下我国明治、大正、昭和各个时代文坛的历史就会明白，无论是自然主义运动、人道主义运动，还是新感觉派运动，抑或战后自称"战后派"的年轻一代掀起的文学运动，他们的文学革新、新文学创立，无一不是伴随着表达风格和文章本身的革新。

旧瓶不盛新酒。没有新的表达、新的文章体式，就不可能有新的文学。就以当今文坛来说，越是优秀的作家，他们的文章表达和文章体式越独具特点、越出色。同时，新的思想、新的内容，也永远需要有新的表达方法、新的文章体式与之相辅相成。真正的文章论，应当是具有广度的文学论。

譬如，今天我们理所当然使用的"文章"和"文体"，在明治初期得以确立之时，曾令我们尊敬的先人们为之倾注了莫大的心血。

一般认为,我国近代小说的确立是从坪内逍遥的《小说神髓》开始的,但该书中的文体论,仅仅只探讨了雅文体、俗文体、雅俗折中体这三种文体。言文一致体的确立仅靠这三种文体显然是不够的,是经过尾崎红叶、山田美妙、长谷川二叶亭等先辈的艰难奋斗,最终才得以确立的。所谓言文一致体,就是文章口语化,也就是"像说话一样书写"。同时,又不能像德川时代的俗文体那样,将市井的俚俗语言照搬照用,而是要创造出文章化的口语。关于这一点,将逍遥、二叶亭两位的文章对比来读是个便捷的方法。

"那位常来的先生一直在等着呢,小蝶还有豆太,你们二人快去跟田次先生打个招呼吧。"听女佣此话,艺伎和舞伎点头示意,下得楼梯。这厢小町田粲尔终于恢复常态,对女佣对自己的特别关照表示感谢,田次也态度和缓地道了谢。

以上是逍遥先生《书生气质》中的一段。

昨天阿势问"您也去吗",文三答道不去,阿势满不在乎、平静自如,还装模作样地问道:

"哦,是吗?"这让文三大为不悦。文三的想法是,可以的话最好是阿势尽力劝说自己去,自己再端一端架子、坚决不去,然后希望阿势表示:"您要是不去的话,那我也不去了。"

以上是二叶亭先生《浮云》中的一段。

两者一比较就会明白,逍遥的文章体式还停留在雅俗折中体,而二叶亭的文章体式就已经很接近现在的小说文体,基本具备了言文一致体的表达特征。

对于今天已经习惯于这种文体的我们,它的存在似乎是理所当然的,但在当时,为了创造出这样的文体,先辈们付出了多少苦心啊。细细想来,言文一致体自被创造以来,不知经过多少先辈的书写实践,才逐渐形成现今这种文体。

当然,今天的文章表达、文章体式也不是绝对最佳的,仍需不断研究、更进一步。那么,能够在文学上推陈出新、继往开来者,又会是谁呢?

第二章

∽ 1 ∾

在论述小说的文章之前,我想先探讨两三个有关文章的根本性问题。

一般认为,文章可以分为艺术性的和实用性的两类。果真是这样吗?先说我的结论吧:我不认为存在这样的差别。正如前文所述,好的文章当有感而发,将自己想说的东西直接、简洁、浅显易懂地讲出来。自古以来,人们认为文章的规范应当是"去华就实",大概就是这个意思。

文章的第一要义就是要简洁、易懂,不管文章写得多么漂亮,假若妨碍了人们的理解,或许还不如那些庸俗而拙劣的文章。

阅读古代经典,所谓"名文""美文"不胜枚举,不管是谁,都会被其庄重而富有韵律的文章深深吸引。毫无疑问,《太平记》《平家物语》都是那个时代的名文。但文章也是随着星霜屡移而发生变化的,古远的名文放在今天是否仍称得上名文?用评判的眼光、涤故更新的精神重新加以审视，自然就会更加清晰地理解文章的本质，并确立新的文章之道的方向。

《太平记》《平家物语》虽为名文，也必须赋予其新的理解。过去被称为名文的其实就是所谓的美文，而美文和名文似乎还是有区别的，区分美文和名文，或许，就是我这册小书的使命。

美文因偏重富有韵律的文字而流播，很自然地容易使人忘记其一字一句应当蕴含的生命。真正的名文，每一字每一句不都应当有生命跃动其中吗？

南朝延元三年八月九日起，吉野主上御体染疾，其后日趋危笃，任是万能神佛诚心祈祷犹无起色，即有名医扁鹊施以灵药亦乃罔效……左手持法华经五卷，右手按御剑一柄，遂于八月十六日丑时驾崩。悲哉，北辰位高，虽有百官星列环侍，然黄泉旅途却无臣子一人伴侍。奈何，虽南山之辟万卒云集，更无一兵能御阻无常之敌来袭。直如中流覆舟、一壶浪漂、暗夜灯灭、五更被雨……土坟数尺草，一径泪尽愁未尽。旧臣后妃悲啼号泣，瞻望鼎湖云，恨付天边月，霸陵凤夜风，慕别梦里花。呜呼哀哉！

以上是《太平记》写后醍醐天皇驾崩的一段。

　　入道相国往日雄风凛凛，如今威势不再，唯一息奄奄，来日苦短……纵欲解其痛苦，至多置水于榻侧，或助其翻身转卧，起死回生诚则力有不逮。同月四日，忽昏厥仆地，终一命归西。马车纷沓，喧声震天动地，天下之君万乘之主，虽万事皆能驭制，唯此事怎与克胜。卒年六十四岁。虽非全寿，奈何命数已尽，大法秘法不见效验，神明佛陀威光已消，诸神亦不再庇护，岂况凡人乎？虽有数万兵士耿耿忠心，列队于堂上堂下，欲以己命御敌，然此敌乃无常刹鬼，眼不见力不匹，断无战而胜之之理，唯有独自渡过三濑川踏上中阴之旅，去往有去无回的黄泉冥府……

以上是《平家物语》写平清盛去世的一段。

这两段文字，在当时大概都算得上名文，文中所使用的汉语词在当时也一定具有相当的共情力。但是，过去就不说了，放到今天再来看的话，这种过度修饰、好像手舞足蹈似的文章，反而使读者的艺术感受打了折扣。

我想强调的是，好文章，不等同于那种堆砌辞藻、平庸陈腐的所谓美文。

再回到一般通论的角度来谈文章。文章是按照词汇、句子、段落、章或者节直至全篇这样的顺序完成的。反过来看，解析一篇文章的最小单位就是单词或句子。

选择恰当的单词是完成一篇好文章的第一步，并且往往能决定文章的生命。我在前一章里讲过，优秀的作家必定有自己独特的文章体式和文章风格，而独特的文章体式和文章风格的基础是单词，说得更通俗明了些，就是词汇。

例如，芥川龙之介的文章与里见弴的文章、泉镜花的文章与武者小路实笃的文章、横光利一的文章与宇野浩二的文章……比较起来读的话就会清楚地发现，它们之间有着显著的差异。当然，造成这些差异的原因各种各样，而其中之一，便是词汇的差异。

说得夸张一些，单词的选择也能决定作家的生命力。反过来说，一个作家的个性，仅从单词上也可以寻味出来。

关于具体的文章分析，我将会在后面的章节中讲到，这里只强调一点，从以上这个意义上讲，可以说以往的美文首先就是缺少生命力的，只是一种辞藻华丽的文章。

谷崎润一郎先生的《文章读本》中，文章的内涵已然讲得十分清晰了。

谷崎先生将文章分为两类，即韵文与散文。他认为，韵文（诗歌）虽然也是文章的一种，但它不仅仅是为了向他人传达自己内心的所思所想，同时还兼有为抒发个人咏叹之情的目的。因此，考虑到吟咏上的便利，规定了字数或音节数，依照一定的格律来创作。故此，形成了一种写作目的稍稍不同于普通文章、特别成熟的文章形式。如果说存在非实用的文艺性文章的话，那么韵文就是。

而关于散文，谷崎先生认为其有三个特点：

一、从前人们往往口述而不作记录，书写成文章时则使用特殊的语言；

二、因此，为了使之与实际生活产生一定的距离，人们便对文章加以修饰，由此成为美文；

三、但是在今天这个时代，无论怎样的美辞丽藻，假如不能得到人们真切的理解和感受，人们就不会感受到它的美。

他的结论是，散文的第一要义就是要"让人读懂"。

和谷崎先生一样，我现在论说的也是关于当今的文章写作方法，或者说新式文章的写作方法。

除了明白、晓畅这两条，我还希望加上一条："文章要用耳朵也能听懂。"

○3 2 ○3

暂且不涉文艺学上具体的研究方法，单从日文，也就是我国的国文这个角度来审视现代的文章，我现在也是极度不满意。

我认为，无论是文字还是词语，又或者文法，现代日文仍有许多可以改进的空间。

最近的新式假名标注法、限用汉字等问题，假如其中不夹杂某种政治强制因素，对其不应当轻易做出肯定或否定的判断吧。一味地讲求什么怀古情趣、保守主义，这和那种扼杀活生生的语言、用无法理喻的管制手段使得语言枯竭而死的作法毫无二致，同样是罪恶的。

我甚至考虑过使用罗马字进行表达。过去，我总是追求新奇，为此还得过"魔术师"这样的"光荣称号"。但我并不是一味地炫弄新奇。对我来说，语言永远都是鲜活的。

新的时代、新的精神，只有通过新的文章形式才能得以呈现。我自认为也一直在做着微不足道的努力，使得文章表达朝着"耳朵也能听懂"的境界接近。我也期待着世界各国共通语言的文学之梦能够实现。

但事实的另一面却是,语言本身的逆反同样也会促进文章的进步。

什么时候才能实现以世界各国公平一致的共通的文章语言来共享文学带给我们的感动?

我前面以坪内逍遥先生的《书生气质》和二叶亭四迷先生的《浮云》为例,讲述了创造文章体口语所经历的艰辛。但由此形成的言文一致体,则是经过了自然主义文学,到志贺直哉、武者小路实笃那里才真正成为成熟的小说文章表达形式的。

然而,近代小说的文章表达形式一旦形成,对于言文一致体的质疑也随之产生了。从某个角度来讲,这种质疑可以说是对于一种新的文体的要求。文章形式趋于成熟的同时,必然就会产生一种新的要求,希望这种文章形式进一步完善,从"像说话一样书写"的口语体,纯化提升为一种全新的文语体。

> 按照佐藤春夫先生的说法,我们的散文是口语体,所以就要求我们像说话一样书写。这也许只是佐藤春夫先生随口一说,但是他的这句话却蕴含了一个问题——"文章口语化"的问题。近代散文大概就是走过了"像说话一样书写"的这

样一段历程吧。最明显的例子可以举出如最近的武者小路实笃、宇野浩二、佐藤春夫等诸位先生的散文,志贺直哉先生的散文也不例外。但我们的"说话方式",姑且不同西方人的"说话方式"相比较,即使和邻居中国人的"说话方式"相比较,也缺乏音乐性,这是不争的事实。我并不是不希望"像说话一样书写",但我同时也希望"像书写一样说话"。就我所知,其实夏目先生从某种意义上讲就是一位"像说话一样书写"的作家……(中略)如前所述,"像说话一样书写"的作家并非没有,但是,"像书写一样说话"的作家何时会出现于这东海孤岛上呢?

这是芥川龙之介《文艺的,过于文艺的》一文中的一段。他所提出的要求,与伴随着新感觉派的出现而展开的"像书写一样书写"的艰苦探索是一脉相通的。

"像说话一样书写"这种书写方法,是继砚友社而兴起的自然主义一派的创作风格,这一倾向其势滔滔,一直延续到佐佐木茂索、室生犀星、泷井孝作诸先生。但是,文艺时代派对于表现方法的态度,并非这种"像说话一样书写",

而是开始尝试"像书写一样书写"。人们将这种现象称为资本主义末期的文学,甚至斥之为"地震文学"。然而"像说话一样书写"的创作风格已经在其可能的范围内登峰造极,几近泛滥,我们已经无法想象它还能泛滥至何地步。因此,未来流行的新的书写方法不能仍"像说话一样书写",而应当转为努力去尝试"像书写一样书写"。也就是说,必须改弦更张,打造一个新砚友社时代,这是一条必然规律。我们民族对"像说话一样书写"的创作风格的生理性厌倦,必将化为一种外在的形式,作用于文字表达。故此,今后文坛涌现的新人,他们所需要具备的文学力量,必将是"像书写一样书写"的创作风格。既然文学必须使用文字,那么就必须"像书写一样书写",而不是"像说话一样书写"。如若不是这样,文字的真正价值必定是显现不出来的。

(横光利一《文艺时评》,昭和三年十二月)

文章就是这样永远生机勃勃,时时在变貌。说句颇具讽刺的话:新的文学即诞生于对新的文章体式的期待。

不过,很显然,这样的主张并非仅仅关乎文章体式,从根本上来说,它关乎的是文学的本质。

至于新感觉派以后的文章体式演变,我们下面再谈。不过,当今文坛强风劲吹,较之新感觉派振臂呐喊要创造新的文章之时更加烈烈轰轰,"战后文学"的当事者们正在吹响集结号、为此而努力。

以上,我们大致梳理了一番文章文语体和口语体的历史,下面有必要分别对这两者进行具体分析。

第三章

○❦ 1 ❦○

古典文学的文章都是以所谓的文语体书写的。但是读者可能也发现了，它们分别属于两种风格，即一种是如《土佐日记》《源氏物语》那样的和文调的文章，另一种则是如《保元物语》《平治物语》等军记物语所使用的汉文调的文章。其中，和文调的文章早已衰颓，仅靠着所谓拟古文的形式勉强维系着一丝残息，但似乎也几无实际使用的机会。然而，汉文调却因其庄重、简洁且富有韵律感而出人意料地绵延至今，直到最近仍对我们的文章书写产生着深刻的影响。事实上，就在大正年间，中学生的作文也仍以"我携一瓢游墨堤"式的文语体为上佳之文章。

为什么和文调的文章早已衰颓，而汉文调的文章却能够存活至今？对此，有人找出了理由，将之归因于日本人性格中潜藏的"事大病"[1]意识，认为在格调高雅、富有韵

---

[1] 事大病：趋炎附势、媚上侮下的恶习。"事大"的本意为臣事强者。——译者注（本书如无特殊说明，注释均为译者注）

律感的文章中，有日本人尤为喜好的夸张表现。论者还举例说，历代天皇的诏敕自不必说，民间举行仪式时使用的各种文章，如祝辞、式辞、答词、悼词，甚至连寒暄书信等，无不受到这种意识的无形影响。不错，直到不久之前，汉文调的文语体仍存在于我们日常生活的各个角落。曾经有一段时期，人们高喊要推动所有汉文调文章向口语化转变，事实上似乎也有朝着这一方向变革的迹象。然而在漫长的战乱年代，变革的萌芽很快枯萎，秉承着汉文调传统的文语体再次兴盛起来，或许也有处于战乱时期它更适合于维护当权者权威的原因。但时至今日，所有公文都口语化了，而这一昨日之风尚犹存。

若要我赞同这些观点，我着实有点惶惑不安。既然用另一种表述来说，文章是一个民族的生命，其中难道就没有更加深层的原因？无论怎么说，汉文调文语体发展和成熟的历史，同时也是日本文化在汉文化支撑下发展起来的历史，这不能不令我感到某种悲哀。

另外，和文调文语体彻底衰颓了吗？对于这一论点，我也怀有不少疑问，它难道不是渐渐化作了一种日常化的文体、继续残存于书信体的文章中吗？

一种文体，衰颓并泯然于日常之中；另一种文体虽兴盛一时，却在仪式化的过程中失去了生命，演变为空洞的文字。倘若将此视为我们的文章悲剧，或许有人会批评我独断妄言吧?

在这两种文体的文章一消一长之中,始终蕴含着新文章必须面对的一个问题。

虽说文章的真谛在于"让人理解",但这种说法也有其自身局限性。倘若认为文章口语化的意义仅仅在于此,便陷入了危险的误区;认为口语体的文章要比文语体的文章"好理解",这种想法是极其错误的。口语体的最大危机就在于"无规则",如外来语的对译粗暴随性,新造词汇的滥用等,已经使得现今的文章背离了口语化的初衷……如今,有少数作家的文章融入了随笔体风格,其文章简洁流畅而华美,颇受读者喜爱,这样的例子实在是讽刺。

即使"文语体"这个词在今天已成为死语,但我们却还面临着一个问题:由文语体萌发并成熟而大成的富有韵律感和视觉感的文章效果如何实现?

只要日语文章还同时使用汉字和假名,那么它在很大程度上就不得不受到视觉效果的制约。虽然全部使用日文假名的文章对于文化进步有过不小的贡献,但时至今日它与一般人的理解相距甚远,这似乎并不单单是习惯的问题。

例如,テンノウ(天皇)、ショジョ(少女)、ショウセツ(小说)这些词语假如用假名书写,马上就会令我们感到

一种视觉障碍，不如写作ミカド、オトメ、ロマン[1]还稍稍好一些。日语的单词不是由音的结合产生语意，而是由每个字的意思合成而产生语意，这确实给一切创新尝试造成了障碍。我既是一个保守派，但又自信永远是一个激进派。我总是试图接触新的事物，并从中感受到一种快乐。对于文章写作也是如此，我甚至曾经抱有用罗马字写作的想法。但倘若真的要实现，就必须先从我们所使用的单词开始变革，纸上空谈和空洞的理论是不可能推动文章变革的。

文章的韵律感也同样如此，写作"用耳朵也能听懂的文章"是我多年来的祈愿。当今口语体文章的乱象，有时会让我生出上述用罗马字书写的奇想，有时又会让我涌起对过去的文语体的怀念。

从这个意义上讲，现代的口语、现代的文章，在视觉效果和韵律效果方面，可以说是束手无策。

○3 2 ○8

否定文语体、限制汉字使用，一方面对于今天的新式文章而言是必要的；但是另一方面，由于如此，我们又完

---

[1] 此处三个日文假名单词，分别为上面列举的天皇、少女、小说的日语外来语式表达。

全忘记了视觉效果。

汉文音律之风尚渐渐消逝的同时，人们似乎也忽略了文章应当讲求韵律之美。外国，特别是法国等国家，很早便盛行诗歌朗诵，听说最近美国也开始流行起诗剧来。而我们的散文浅显易懂化运动倘若朝着反韵律美的方向发展，则我似乎可以预感到，今后的文章写作将会陷入多么可悲的境遇。

罕见的文章达人谷崎润一郎先生在他的《文章读本》中，专门就"字与音调"这个问题着重加以论说。

对于我以上所讲，读者读来或许甚觉奇怪：如今，一般的小说当中，文语体早不复存在，有的只是所谓小说文章……

然而，我们今天的文章绝不是真正的口语体文章，而是一种口语式的文章体，而且其中还毫无章法地夹杂着外国语译词和大量的新造词汇，越来越像某种文语体。

曾一度与日常性拉近了距离的小说文章，如今却又以文章体的形式反过来否定日常性、背离口语体……大概由此又会产生一种新的文语体吧。

文语体和口语体的文章，不能简单地以"何々なりき"为文语体、"何々だった"[1]为口语体来加以区分。

---

[1] 此处两个短句都表示一种判断，"何々なりき"为日语古语，大致相当于"(……者)……也"，"何々だった"则为口语说法，大致相当于"(……)是……"。

例如，我们来看看战后新人的文章，就会从中清晰地发现新文体的创造历程，他们用一种观念代替了过去曾经支撑我们文章的各种实体。大概外国语翻译文体就是他们新的范本。

我不是要否定这群自称"战后作家"的年轻作家的文章。不仅如此，我在任何时候都是"新事物""年轻人"的同道者。"同道者"这种说法或许有点自我标榜，不太合宜，应该说正是与这些新奇生命的接触，才是一直支撑我这天性愚钝之人的源动力。唯因如此，我时常被人误解，以为我有什么伯乐之才。也正因为如此，我才一直在努力让自己多读书、爱上读书，爱他人的文章更胜于爱自己的文章，爱女性作者的文章更胜于爱男性作者的文章，爱孩童的文章更胜于爱成年人的文章……新的东西，即将破土而出、生机勃勃、充满无限可能的新生命——和它们在一起，这就是我的快乐。

不可否认的是，新人的文章中有着令我震惊的东西：他们所进行的尝试，正如我们曾经尝试过的，是一场正当的"语言的格斗"。我们的先辈曾经这样做过，我们自己也曾经这样做过。

横光利一先生曾经在他的《书方草纸》一书的序中写道：

> 从桀骜不驯地同国语进行血战的时代，经过同马克思主义的格斗，直到如今开始服从国语的时代……

的确如此。像横光先生这样"桀骜不驯地同国语进行血战"的作家，我们很少见到。武者小路实笃先生或许也算得上曾经与国语进行过大胆血战的一位。不过，以我长期的旁观熟察，我十分理解横光先生的苦斗。横光先生写到他从"血战"到"服从"，这里"服从"的意思绝不是"屈服"，应该也不是"满足"。换句话说，它很可能是在暗示着一种"完成"。为什么这样说？因为从与国语"血战"到"服从"这一历程，或许正是创作出优秀文章的作家的一种宿命。永井荷风先生、佐藤春夫先生，以及十一谷义三郎、武田麟太郎、堀辰雄等人也都是如此。

关于这一点，我过去曾经写过文章：

> 另外，让我们回顾一下他们同国语进行血战的时代，果真如作家当时自己认为的那样，以及如当时读者以为的那样，是一场同国语的血战吗？举例来说，佐藤春夫先生发表处女作的时候，可以同今天的堀辰雄联想起来一起看，同今天的读者从堀辰雄的文体中所感受到的一样，当

时的读者从佐藤春夫先生当时的文体中感受到的也是浓浓的西洋味道。但是，今天再看当时佐藤春夫先生的文体，不仅一星半点的西洋趣味也没有，反而是十足的日本趣味。这不禁令人大感意外，为什么以前会觉得那么的洋里洋气呢？

这种情况不仅仅出现在佐藤春夫先生一人身上。

新感觉派运动时期的横光先生的文体，今天来看，也是十足的日本趣味。甚至芥川龙之介先生、十一谷义三郎先生，他们发表处女作时期的文体，对当时的读者来说，也有股浓浓的西洋味道。

新人作家的文体多多少少会有些西洋味道，但最终他们还是会"服从"于国语的传统。即便是他们初期的西洋味十足的文章，这味道也会在时间的长河中逐渐消散。

这究竟是说明国语传统力量之强大呢，还是说明我们对于西洋影响的消化方式叫人难以捉摸呢？

今天的年轻作家们同样也正处于"血战"之中。

一种影响消失了,新的影响又会随之出现。与其说是消失,也许说是过时更加切当。归根到底,文章体式过时的速度之快,超出我们的想象。往往在新人作家被文坛认可之时,他的文章体式就已经迈上了过时的道路。

对有志于小说创作的人而言,文章之道是永远的谜,也是永远的课题。

◌ 3 ଓ

一方面,我们必须不断吸收新的外来思想,催生新的文章,另一方面,我们也必须认识到一点,异国语言和本国语言之间是永远无法完全融合的。

正如我前面讲的,法国有法语,有法国的文章;德国有德语,有德国的文章;而美国有美国的语言,有美国的文章。同样的,日本有日语,有日本的文章。

我前面还讲过,文章就如同作家的生命。"文如其人",布封的这句话早已成为世界名言。语言同语言之间、文章同文章之间,互相影响、互相促进发展,这无须赘言;但我们也必须认识到,其间毕竟也存在着始终无法逾越的阻隔。即便同样使用英语,英国和美国就有所不同。英国有英国的语言、英国的文章,而美国有美国的语言、美国的文章，两者虽然相似，但依然有永远不会相同的地方。考虑到这个实例，相信应该就能理解前述的内容了。

汲取外语达到某种极限，会不会导致本国语言的混乱呢？即使我曾经打算用罗马字写作、梦想用万国共通的语言进行创作，但对此我也是有所忧虑的。

原本日语词汇贫乏，幸有外来语补充襄助才造就了我们今天的国语，对此恩惠我自然深表感谢。但是，日语词汇贫乏源于将汉字作为国字来使用。同时，这也是日本人少言寡语、谦和礼让的国民性的一种反映。自古以来，雄辩之术在日本就不像西洋诸国那样是一个人成为伟大人物的必要条件，日本也很少有以雄辩而名垂青史之人；相反，那些雄辩者往往会被斥为"巧舌如簧"。日语正是反映了这种国民性格，在简洁平易的同时，朝着余韵深长的方向发展，而日语的语感也尽在其中。日语的优势从来不在于说明解释，而是在于象征。

仅从这一个例子就可以看出，不改变国民性，就想改革语言是困难的。更何况，我们通常所称的国民性并非仅指精神层面，它还极大地受制于气候、风土、体格、习惯等因素。如此看来，就更加困难重重了。

当然，今天的日语还很不完备，显然不适合学术性记述之类，在这方面，更加需要学习借鉴外语的规范性。但是，读者也应当清醒地认识到，一方面外语丰富了今天的日语，另一方面，造成今天日语凌乱无章的现状，对于外语不加批判地吸收和毫无意义地滥造新词至少也要负一半的责任。

如前所述，西洋语言是由表音的字母组合而成一个个具有意义的单词，与此相对，我国的单词则大多是由具有独立意义的两个以上的字组合构成。更进一步讲，这两种语言从文法上来说似乎也很难彼此一致。

总而言之，新的文章必须从与现代日语的血战中启程。与此同时，正如此前任何一个时代，与外语的融合也蕴藏着微妙的危险。但假如因为危险就敬而远之，那么永远不会诞生新的文章。

即便以文语体和口语体的问题为例，也不应简单地看作我们平常所讲的"文语体"和"口语体"，必须从小说文章的 listen language[1] 和 spoken language 这个层面上进行更深入的省察。新的文章应当从文语体走向口语体，同时，文章的口语化还蕴藏着更深层次的问题，如同以前各个时代的新文章都曾遭遇过的那样。

彻底消除文语体和口语体的差别，即使在理论上可行，实际上也做不到。这条路应该怎么走？也许，就像历史经验告诉我们的那样，在这个过程中会诞生出一种新的

---

[1] listen language：这是作者为了与后面的 spoken language 对应而造的词，意为"用耳朵听的语言"；spoken language 意为"口头语言"。

文章体？从这个意义上，我希望并期待新文章的出现。不用眼睛看、仅用耳朵听也能明白其意思的文章，不必调整一个音调直接就能誊写为罗马字的文章……再说一遍，我从这里出发，描绘着新文章的美丽梦想。

第四章

∞ 1 ∞

至此,我用了三章的篇幅谈了我对于文章的一得之见,其实这类概论性质的论述用一千页一万页也道不尽。文章是作家的生命,如果说作家每天每月都在砥磨自己作品的话,那么理所当然的,他们也会每天每月祈愿自己的文章不断进步。我的这篇所谓文章论也应当日趋完善,与时俱进才行,所以说,这种概论无论怎样殚精究理,终究抵不上一篇实实在在的文章。这册小书的目的并不在于就文章进行学术性的研究,只不过是我作为一名作家关于文章之道的个人所感。即使文中有成百上千的谬误和不足,但只要对读者的文章修炼有些许裨益,则于我幸甚矣。

概论性的论说就此打住,我们就具体的文章实例来说一说吧。

∽ 2 ∾

近代作家中,堪称"浑然天成"者,当属德田秋声先生了吧。我过去曾经撰文评述过秋声先生《糜烂》一书的开头部分,其清淡写实的笔触,很能令人体味到秋声先生的文章个性,不是一般文章论所能及的。如果说这就是文章技巧,那么简直堪称神人之技。像这种开门见山一下子就将读者带入自己小说世界的手法,读者从中能学到的,超过千千万万篇文章论。

  阿增从最初被带进的下谷家搬到麦町这里,是在那一年的秋天。

  获得自由身后,阿增在下谷家里第一次过上了平静的日子,从春末到盛夏,她在下谷家生活了三个月。

  那是间小平房。从热闹的街道进去,位于往里有段路的一条小巷子里。她交往的男人的家就在小巷对面。

  刚刚搬出来的阿增没有多少衣服。之前的欢场做派早已透心入骨,所以在说话方式、日常起居等方面都还不太适应。从宽敞的大房子搬来这样的地方,在阿增的眼里,到处都显得挤挤挨挨的，感觉连气都透不过来。狭窄的小院老是湿漉漉的，黑乎乎的低矮木板墙上方，除了风铃什么的，还可以看到邻居老头的秃脑壳，打开灶台上的水龙头，对面人家起居室间的说话就会清楚地传入耳中。

白天，坐在这间房子起居间的火炉前，阿增就觉得孤寂难耐。她把抹布晾在粗糙的檐廊地板上，又将炭火炉擦拭一遍，然后在浴桶里泡个澡，除此之外就再也没什么事情可做了。这时候，她眼前就会浮现出那栋住惯了的熟悉的亮堂堂的大房子里的景象。那个男人时常会下了班提着公文包来这里，即使是白天，有时候则是等天黑了，从家里跑过来的。那个男人是有妻室的。

阿增的头发盘成一个圆髻，在灶台张罗酒菜。两个人一起从街上买来的小饭桌上，摆放着男人喜欢的咸鱼子干、烤鲷鱼脆饼，有时候两人也会从附近叫鳗鱼饭外卖来一起吃。

跟开始来的时候总是穿着肩头有些褪色的西装比起来，男人现在手头宽绰了不少，米泽琉球绸[1]的开襟和服，系着带花纹的腰带，戴着金丝

---

[1] 米泽琉球绸：日本山形县米泽盆地出产的一种丝织品，因绸纹同琉球出产的相似故被称作"米泽琉球绸"或简称为"米琉绸"。

边眼镜，男人一副神气、英武的模样，完全没有当时一般书生的样子。

喝一会儿酒便完事的男人，很少在她这里絮絮叨叨地扯闲篇，他脑子里装的净是公司的工作啦、赚钱的事啦。一出被窝，他第一件事情就是看手表，随即急吼吼地离开，大门口那扇紧闭的木门也总是被急促地拉开。

男人走后，阿增重又没入之前的孤寂中。她很后悔跟这个有妻室的男人搞到了一起。

"您居然骗我说没有老婆？！太过分了！"

搬到这儿没多久，对面的老太太偷偷告诉了她这个秘密，阿增非常生气，大声斥责男人。

"这是谁说的？"

男人瞪着那双和善、讨人喜欢的眼睛反问道，却丝毫也不显得惊讶。

"瞎说的。"

"我全都听说了。之前有个女人从京都跑来找您，还有您和一个寡妇关系暧昧，我全知道了！"

"是嘛。"男人笑了。

"那个京都的女的，现在还经常给您寄东西来对吧？"

"无聊！"

"我彻底受骗上当了。"

男人穿上衬衣,起床站了起来。阿增支着一条腿坐在一旁,抽着卷烟。她那睫毛长长的,看上去很是疲惫的眼睛里充着血。她掐了一把男人的光腿,又将燃着的烟头去燎男人的身体,男人大吃一惊,跳了起来。

在这段简短的叙述中,就将这对男女的性格以及过去和现在的生活状态交代得清清楚楚。一般来讲,人们一说到文章漂亮,往往指的是令人眼花缭乱的技巧;而在平淡无奇的描写中却包含了所有应当交代的内容,这种技法绝非他人能做到的,只有秋声先生才能做到这点。而所有的文章论,在这部作品面前都黯然失色了。秋声先生之后,文章的典范大概要到志贺直哉先生那里去找寻了,特别是在一个主客观统一的世界里对于人物心理的描写,似乎更无出其右者。志贺先生写作时同样经过反复推敲,煞费苦心却让人感觉不到其苦心,使得他的文章韵味十足,风格特立。可以说,志贺先生以朴实无华、自始至终韵味十足的文章,开辟了一条新的文章之道。

下面不妨引用所有文章论都会引用的志贺先生的短篇小说《在城崎》中的一段:

来到一处，只见桥上、岸上站满了人，都在争相觑看河里的某样东西。原来他们是在观看一只被人扔到河里的硕大的老鼠。老鼠拼命游着水，试图逃脱。一根七寸来长的鱼钎子穿透了它的颈部，头上露出约三寸，咽下也露出约有三寸。老鼠试图爬上石壁，两三个小孩和一个四十来岁的车夫拿石块朝它投掷，但都没有击中它。"嘭！嘭！"石块砸在石壁上，蹦弹开去，看热闹的人哄然大笑。不一会儿，老鼠前爪扒着石壁缝隙，似乎想钻进去，但被鱼钎子卡住，它又掉进水里。老鼠在拼命地求生，人们读不懂它的面部表情，但是它的动作却清楚地让人们知道，它拼命地想活。老鼠带着长长的鱼钎子又向河中央游去，它似乎坚信只要逃到某个地方就能活命。小孩们和车夫更加来劲了，继续朝它扔石块。

这是一篇完美独立的文章，完全看不到作者的存在，作者印刻在文章的个性中。所谓名文，就是指这种独立于作者而流传的文章。

乍读之下，这段文字好像十分轻巧随意、浅显明白，似乎中学生作文也能达到这样的水准，然而作者的视线却直抵那令人莫测的深处，在那里炯炯有神地注视着世界。

⊰ 3 ⊱

要展现文章的变迁,或许我们可以在此引用横光利一先生的文章,让各位了解一下当时的文章新风尚。不过在此之前,我想说一说泉镜花先生的文章。

像泉镜花先生这样词汇丰富并运掉自如的作家,恐怕是空前且绝后的吧。特别应当强调的是,虽然他的趣味奇特,但他可以广涉雅语、汉语、俗语等,撷取各种切当的词汇,并且统统使之为作品锦上添花。

秋声先生和志贺先生的文章具有让人感觉不到作者存在的独立性,几近完美;而与之相比,镜花先生的文章则构筑了一个美艳、灵妙的世界,假如不研析这些文章,也就无法认识镜花先生、无法认识镜花先生的作品。

镜花先生的文章,令人联想起永井荷风、里见弴两位先生的文章。不管怎么说,他的文章向我们展示了日语表现的最大可能性,就这一点,我们必须向镜花先生的文章献上礼赞和感谢。

"老人家……"看到雪叟绑紧了小鼓,恩地源三郎喊了一声,肃然回转头望了一眼。"承蒙您破例相陪,不胜惶恐哩。"说着他拿起扇子放在膝上,向雪叟点头示意。

"我还不行,技艺不够娴熟。"雪叟回了一个礼道,起身离开了垫子。

"您不用那么正式,请随意。"

"不行,我坐在垫子上演奏,是对这门技艺的大不敬呀。"

"哎呀,那姑娘的舞姿能看出几分我侄子的影子呢——既然您这么客气,那我也……"

说罢,恩地源三郎也将垫子挪向一旁。

"媳妇,媳妇……"源三郎连叫两声,"你是叫三重吧?我就把您当作我家侄媳妇啦。我是喜多八的叔叔,源三郎。你把刚才那段舞再跳一遍吧。"

两位名家一脸严肃,重新端坐下来。

姑娘显出让人目不转睛的高贵神情,出神地凝视着二人,拖着踉跄的碎步,缓缓向后退去。她的头发乌黑亮丽,臂腕婀娜,抽出藏于袖中的折扇比划成利剑的架势,吟唱起来,霜夜之中声音显得格外森凛。

"……明明约好将我捞起,却又利剑出鞘……"

击鼓的手影,与姑娘肩头的投影,交织互映在墙上,光影投射在鼓上,熠熠生辉。在珍重名誉的美丽心灵感召下，那鼓声犹如带着色彩，飒飒燃烧起来。"嘿！"一声低喝冲向夜空。

"啊？！"

年轻艺人双目圆睁，纹丝不动。那位能乐界的吉祥鹤，那位销声匿迹、令人扼腕叹息的恩地喜多八，从乌冬面铺的马扎上站起身，一脚踏在泥地上大声喊道："雪叟击鼓！雪叟击鼓！"

突然他蜷缩起身体，捂住胸口，急慌慌地掏出手巾，将一大口鲜血吐在上面。他将手巾扔到一边，一把握住按摩师的右手。

"要诅咒的话，就尽管诅咒吧！来，按摩的，快随我到凑屋门口去，我让你再听一次本少爷唱的谣曲。"

说罢，他拽过按摩师，冲出门去。

"（源三郎）……就这样来到龙宫，放眼环视宫中，只见那玉塔高三十丈，上置珍珠宝贝，还有香花绕护，八条巨龙并列守护，还有凶猛的鳄鱼张开血盆大口，噫，我这小命恐难保。真是爱故乡让人恋，伊人宛如水花消……"

唱至此处，那位叫三重的姑娘心潮澎湃，难以自已，舞得越发投入，岛田发髻上的发绳忽然绷断，黑亮的乌发顿时散落肩头。姑娘的舞姿在灯影下摇曳，犹如在水中翻舞，脚下的榻榻米仿佛化为大海，在她的衣裙下清澈湛蓝，好一个出神入化的舞姿。

"（源三郎）……吾儿可在？为臣之父也忘记了……"

源三郎的歌声突然低沉下来。就在伴唱即将中断之时，凑屋门口合着他的歌调传来朗朗歌声，歌声犹如白虹贯日，"嗖"地穿入屋内，映照在三重身上。

"（喜多八）……满含热泪停下步，不忍就此别去……"

"哎呀，如此关键处，千万不能倒下。"源三郎"嚯"地一下子从座位上站起来，从背后支住跟跟跄跄的三重。姑娘的衣袖，老人的手臂，有这坚如磐石的后盾，姑娘甩动乌黑的长发，高擎舞扇，那扇面的银底上，白云和恋人身影相随，放射出异彩，令灯光显得暗淡。

舞也跳罢，谣曲也唱毕。远处的桑名海传来"轰隆隆"巨响，仿佛在模仿雪叟拿手的大鼓。近处浪涛也发出"哗哗"声响，大鼓的音律回荡在海边，仿佛山顶覆霜的多度山、披着月影的御在所山、披霞著冠的镰岳山和冠岳山，齐聚于此,气势震天动地。

夜色深浓,街道冷寂。不知从何处隐隐传来笛声,恩地喜多八独自一人,形单影只立于凑屋房檐下的暗处。他放声吟唱,高悬屋顶上的月照亮了屋檐,在他脸上投下一团月光,月光与扇舞一虚一实恰好相契相合。

"(喜多八)……吾心已定,合掌祈愿,南无阿弥陀佛并志度寺的观音菩萨合力保佑,吾将大悲利剑抵额眉,纵身跃入龙宫,将他们喝退左右……"

唱至此处,恩地喜多八大叫一声:

"宗山,借你的背靠一靠!"

说罢,他疲惫不堪,拽出一个刚才一直掖在他衣摆下早已蜷得不成形的东西,按在地上,坐了上去。

月光下路,道路似一条白练。悬挂着灯笼的远处,人影攒动,拄着拐杖的按摩师也若隐若现于其中。

引文稍稍嫌长了,这是镜花先生《歌行灯》的最后一节。空想、现实、心理,一切的一切都飘忽不定,浑然合成一体,烘托出这朵艳丽的文章之花。或许可以说,绚烂盛开的其实是镜花先生的天赋才华吧。

镜花先生的文章于今已成古风，但是联想到前面提到的秋声先生和这位镜花先生都出于尾崎红叶门下，读者大概会从这二位的文章中感受到一些什么。

作家的生命在于文章，正是这个缘故。

真正的文章，离开了作家也能独立生存。

秋声和镜花两位先生的文章完全是两种不同风格，却都能够超越理论长存于世。

第五章

∽ 1 ∾

我前面说过,有新文学的地方必定有新的文章。我还写道,假如没有独具一格的文章和文章体式,就不可能成为一名出色的作家。同时我还写道,每一位作家都有不同个性,理所当然的,他们在文章和文体上同样也树立了自己独特的风格。

下面,我们将横光利一先生的早期作品作为正面例子,来考察一下这个问题。这或许是因为,再没有一位作家能够像自称"同国语角斗"的横光利一先生那样,不断地展现出其文章表现的丰富变化,堪称文坛所罕见,并且其不断的变化并非一时兴起为了追求新潮,而确确实实是为了探索文章的近代化表现而进行的艰辛战斗。

横光利一先生的文章或多或少总能给予同时代的作家以深刻的影响。在斯人已逝的今天,他的真正价值才刚刚开始为人们所认识。但他并非期待品尝幸福的人,而是不计回报自觉地遍尝艰辛之人。预见、尝试、独自受难,他所追求的若要赢得普遍理念的彻底认可，还不知须经历多少岁月，也许永远也得不到彻底的认可。尽管如此，他始终微笑着挺立在理想之涯。这微笑与东方式的达观似有相通之处，他晚年的风格、文章，或许可以说从一个侧面也象征了他自身的命运。

但不管怎样，从《太阳》到《微笑》，他那从不停歇的变革本身同时也是一部日本现代文学的变革史，即使将横光先生的文章变革史称之为日本现代文章的变革史的一个侧面，应该也不为过。

微风从河面上吹来，万家屋顶上的杂草一齐晃动起脑袋，于是，晾晒在屋檐下的衣物渐干。阿万的妻子背着还不会走路的女儿美衣。她摸了摸晾晒的衣物，然后顺手抱了一把干柴走到地炉旁，正准备淘米做饭，忽然想起来家里没米了。她把米桶倾倒过来，"咚咚咚"地拍了几下，然后伸手去划拉几下，估摸着滑到米桶角落里的米粒的量。

"有两合吧，犄角里还要多一些，得有三合吧，要是有三合的话……"

她算计着明天早晨在米里多加些水应该也可以将就一下。就在此时，"哎哟！"她叫了一声，随即伸手摸了摸背上女儿的脚丫。

"这丫头,又尿了!"

她放下女儿,自己后背上已经湿了一片,看上去就像在衣服上打了一块深色的补丁。

"你瞧你瞧,净给人添乱的小丫头。"

她抓住女儿乱蹬乱踹的光脚,利索地解下了尿布。

这是《红薯与戒指》的开头部分。

在这里,我们能够看到前一章提到的志贺直哉先生的简洁文风,但同时有种速度感和新的生气。尽管这是新感觉派运动之前的作品,但是从这段文字中,拥有一双慧眼的读者大概已经察觉到了新感觉派文章的萌芽吧。

进入新感觉派时期,横光利一先生更是将这样业已成熟的文章再分解为极其细小的文章要素,不这样做他就心有不甘。他尝试将心理和现实碎片化,然后再从中探求新文章的可能性。

事实上,他的"同国语角斗",就是在这一时期最为明显。

让我们引用他的《皮肤》中的开头一段:

> 在这间地下室里,比起真实,机智更加受人

青睐。我将这里称为关满了疲于自由者的监狱。芦苇的影子落在耳朵上一动不动,女人用牙齿将石榴啃出一道裂缝,倾身斜歪在小提琴下面的玻璃杯,蝴蝶领结被香烟的烟圈勒住了脖颈,西裤的条纹像八爪鱼的触手一样铺开在圆形沙发上。

"水。"

"石榴汁。"

男侍者的胸脯像船帆似的,从盛开叉子之花的侧厅的镜子中滑过。梶将伯爵夫人介绍给靠近身旁的朋友们:瞎了一只眼的社会主义者、像水泵一样饶舌不停的新闻记者、和女人只会应声附和却毫无己见的导演、有扯耳朵怪癖的评论家、神经质地在意窗户开闭的图书馆馆长、喜欢将表送进当铺的法律专家、执意把镜子中的小喷泉说成猫的才女作家。伯爵夫人伤透脑筋都想不明白这次酒会的主题究竟是什么。夫人早已习惯了肩头独占人们的视线,但今夜她的肩头却遭遇了人们轻忽的视线,觉得呼吸都有些不顺畅了。在圆形沙发的一隅,此时此刻为如何处置这忧郁产生了问题。

不久之后,以其佳作《鸟》为转折,他的感觉描写开始出现分裂。心理描写代替感觉进入他的文章,很快心理描写便主掌了他的文风,最终形成一种灵活、富有韧性的文体。为了捕捉一束意识流动,为了解明思考的混乱状态,他的文章句子也变得长了。

> 开始的时候,我时常会觉得我家主人该不会是个疯子吧?我观察到,他曾经因那还不满三岁的孩子讨厌他而大为光火,吼叫道小孩子怎么可以讨厌老子。有时候,孩子在榻榻米上歪歪斜斜走着会突然跌倒,他会猛地动手打妻子,口中恶狠狠地说你不是看着孩子吗,怎么让孩子跌倒了。在旁观者眼里,这不外乎是生活中的笑料,但是他却很当真,这倒反而让我觉得他是个疯子。有时候孩子哭了一会儿终于停下,这个四十岁的男人又会立刻抱起孩子在屋子里来回跑。这位男主人是不是只有在孩子的事情上才会这样呢?不是的,几乎在所有的事情上他都如此天真可笑,所以自然而然的,他妻子就成了这个家里的主心骨。

这是《机械》中的一段。这种描写到了《家徽》趋于简洁,让我们来看一看这种变化经过:

和之前不同,多多罗穿着朴素的和服,头上平添许多白发,明显呈现出衰老的模样。假如对方陷害了自己还能心宽体胖的话,此刻的雁金肯定是无法忍受的,然而双方如今都已是一副衰态,就仿佛窗外街道上灯火初明的夜空也透着日子的苍茫和清寂一样,两人都饱尝了人生的清寂凄苦。雁金寻思,假如对方看到自己,就打个招呼寒暄一两句。如今怨恨已消,能够在此偶然相遇,雁金心里甚至涌起一股久别后的思念之情,然而此时此刻倘要蹲坐下来一起聊聊天,就算自己不在意,对方也许还生着自己的气呢。细想起来,受打击更大的应该还是多多罗,所以还是不打招呼为好。多多罗一直望着窗外,细长的双眼困倦无神地眨巴了几下,一声不吭,似乎在想什么心事。

这一段文字,句子明显变长,设置了几重心理转折变化。与此同时,横光先生克服了新感觉派时期词语泛滥的倾向,努力将表达的对象制服在一个词下,这显示他已经抵达了某个终点。对于横光先生而言,这样的长句,似乎也是其文章在布满荆棘的简洁化道路上的一段旅程。

但是,横光先生的文章经过其自身永不休止的尝试,也在逐渐发生着变化。

再有三四个小时就将抵达国境边上的满洲里了。矢代感到有些困了,他仅仅脱下外套,以便随时可以下车,随后爬上卧铺。这辆车的卧铺真的高到要"爬"的程度。半夜,火车有时晃动得很厉害,差点把人从卧铺上甩下来,将他从睡梦中惊醒。这是一次为期十天左右的旅行,纵贯西伯利亚。连续十天朝着同一个方向行进的车内生活,与其说无聊,更准确地讲是处于一种持续的麻痹状态中,没有了正常的时间概念,大脑开始滋生出某种异样的东西,它将身体的感觉统统摄取了去,越长越大。矢代明明感觉此刻自己是刚刚晨醒起床,不想夕阳已经从车窗照射进来,他左思右想想不通,总觉得不对劲,可是不大一会儿,抬头再看车窗外,天色已然黑了。他拿出怀表来看,但表上显示的却是莫斯科时间,虽然指在上午九点钟,实际上已是下午四点左右,他得不断地计算实际的时间和表上显示时间的时差,本来就困倦极了的脑袋更加发胀,令他痛苦不堪。

这是《旅愁》第三篇的开头一段。正如所见,这一段的描写非常安静，他的文章好像又开始回归过去了。当然，说他回归过去不过是我的一种形容，走过艰辛路程、历经了如上艰苦角斗的他，绝不可能再返回到过去同一个地方。

应当说，在同国语角斗的过程中，他曾经主动舍弃的某种东西，又一次回到了他的文章中。

或许这种东西在他内心渐渐满盈……而他执守着这样的文章进行漫长的角斗，如同被囚禁在看不到尽头的黑暗之中。

战后，横光先生的文章开始出现混乱。这是因为他让文章的词语承载了太多沉重的意义，终至崩溃，就仿佛在内部滞抑了许久的洪流，突然一股脑儿地向小小的泄水口猛然激涌而去，连他自己也无所措手。

《微笑》是他终于重新认定和营筑自己道路的一部作品，也是他的最后创作。复活的第一声，竟同时成为永别的临终之声。《微笑》这部作品，兼具了希望和绝望、跃进和完成两种截然相反的深刻意义。

但是，它还有着一种无可置疑的文与人交融合一的意义。

一天下午，从梶家大门口至玄关的石板路上传来了脚步声。梶有个习惯，喜欢通过踏在石头上的脚步声，大致揣摩出客人的来意。在长年的生活中，他从这路石上听到各种不同音色的脚步声，以至开玩笑地对人说起过"石头能传达人的心理"，甚至近来，他发现这石板路竟拥有某种可怕的神秘力量。这一天，这似乎会产生电磁作用的路石发出了一种异样的声响，确确实实是一种听上去感觉极有格调的声响。这是由两个人发出的，四足踏出的脚步声非常合拍，与他平常听到的那种杂乱不安、疑虑重重，以及孤独消沉的脚步声完全不一样，这是一种激越昂扬且不断充盈全身的力量、处于风狂雨横般的巅峰所发出的具有穿透力的声响。

这篇文章超逸、刚劲，并且完美，仿佛承荷了作者的生命并将它延续下去。看似一文写一事，实际上它深入捕捉到了生命的深层。

☙ 2 ❧

回顾横光先生文章的历史，我此刻再一次深深感悟到，对于作家来说，文章即是生命。这不仅指那种形容为

"比生命更重要……"的表层意思，我想用一种可能稍稍令人厌嫌且幼稚的形容来表达这样一种意思：即文章不是用笔书写，而是用生命之笔蘸着热血书写的……

横光先生的例子正是如此。他的创作艰辛除了自己，旁人永远无法理解。反过来说，一个人的文章修炼，只有通过自己的血肉之躯去实践才能最终成功。

对于初学者，我这样说貌似极为冷酷，敷衍了事，然而这却是真实的一面。

尝遍艰辛，才能不败。

此刻，我不知不觉中写下了这样一段话：

横光先生的文章变革史，就是一部日本现代文章的变革史。这不仅显示了横光先生的杰出，更是暗示了所谓文章之道的宿命。所有的作家备受艰辛，正是为了完成这种变革。

第六章

🖂 1 🖃

> 风格不能作为起点,它应当作为结果而出现。风格是什么?对于多数人来说,它就是将其实简单的事情复杂化的方法;但对我们而言,它则是将复杂的事情简洁地说出来的方法。包括司汤达、巴尔扎克这样的作家,首先关注的也是这件事情。他们运用各适其宜的方法来实现这个目的,并且十之八九都是成功的。从结果来看,他们这种简单麻利,根本不在乎技法、做派的做法,就像端着枪、瞄准目标、眼疾手快准确射击的做法,我就称之为风格……

这段话是让·科克托说的。

这种机智的说法很符合科克托的性格。的确,只是为了所谓优秀的文章而在文章本身上下苦功夫,这种愚蠢的事情时有发生。抒发真情实感,才是创作真正优秀文章的根本所在。

对于作家而言，文章就像皮肤。诚如科克托所说，文章应当尽力将复杂的事情简洁明了地讲述出来，这大概属于天赋的范畴吧。一方面，尾崎红叶以其精雕细琢名垂文学史，而另一方面——恕我举一个相反的例子——室生犀星的作品却一度被人们讥为"劣文"。但是经过历史大潮的冲洗，再比较两者的文章，后者朴素粗犷的文风自有其独自的格调，常常胜过前者的绚丽文采。

尽管如此，也并不是说写作文章的时候就可以随意挥洒。即便科克托所说风格"不能作为起点，而是结果"，但若我们冷静地回顾文学史就会发现，很多时候它还是起点，甚至可以说，它常常可以决定一件文艺作品成功与否。

我在前面之所以反复提到，文章对于作家而言就是生命，就是基于这个原因。但我在这里引用科克托的话，是为了说明，对于文章风格绝不能轻忽，反过来讲，也不能为了风格而追求风格。

风格具有浓重的个性色彩和绝对性，不是可以通过外部手段赋予或祛除的。它与作者不可分离，甚至在有些场合，风格可以说就是作者本人。

故此，作家为了写出好文章、为了形成自己的风格，就要历经难以估量的艰辛，并且这样经年累月坚持不懈的结果,只有经历了历史大潮的冲洗后,才能得到印证。可以说,为艺术而生的人,其秘诀和悲哀也就在于此。

尽管已经被人们反复提及,但我还是要在此引用一段福楼拜说过的话:

> 我们试图要表达的,不管它是什么,只有一个词是最恰当的;要让它活起来,只有一个动词;要形容它,也只有一个形容词。所以,我们必须一直寻找,直到找到这个恰当的词语和这个动词、这个形容词。我们绝不能为了躲避搜寻的困难,就满足于随意寻找到的结果,即使用戏法来蒙混,或玩弄语言的把戏偷梁换柱做得再巧妙也不行。无论多么微妙的事情,只要我们运用尼古拉·布瓦洛"每个词语放置在恰到好处的位置时的力量"这句诗中所隐指的暗示手法,我们都能将它表达出来。

需要警惕的就是"蒙混过关",不管我们是否意识到,文章、风格的所谓"新风",很多时候,其实都不过是"蒙混过关"而已。

有意"玩弄语言的把戏",或许悲剧成分还不算多。更大的悲剧却是作者意识不到自己的作品是"蒙混过关的赝品",还认为那就是"真品"。

随着时间流逝,知道了那并不是"真品"而是"蒙混过关的赝品"的时候,此时的可悲大概只有立志钻研艺术的人才能体会,那简直就不啻是地狱。

什么是"真品"？什么不过是"蒙混过关的赝品"？这个世界上,并不存在一种简单的判断方法。简单笼统的标尺,在艺术的世界里是不适用的。简而言之,判断的标准在于,所谓的新风是否浑融了作者的生命。

推敲文章,对作家来说,就好比在相扑场上当裁判员,察判文章的生或死。这个相扑场也可以称为文章的角斗场。

推敲方法不是一成不变的,也不存在一个客观的标尺,只能靠自己的修炼——我这样说,读者或许会认为我冷酷无情,但是,文学的艰辛可以说就是从这里起步的。

细数一下那些名垂青史的作家的杰作就会发现,其风格、其文章始终都是新鲜的,始终充满了个性。即使是现代作家的作品,能够流传下去的,也只有那些杰出且富于个性的。

这里不存在读者的偏好和妥协,事实才是唯一的证明。是真品还是赝品,只有靠结果才能明辨个中的区别。

试想一下,当今仍然活跃的作家背后,有多少人中途消失？历史上的著名作家背后,又有多少作家被人遗忘了？

能否在文学史上留有一席之地，伴随着的是作家的莫大幸运和不幸。但是，假如作家不祈望名垂青史，并且不相信杰出的作品必定会青史留名，又怎么忍受得了那份艰辛呢？

我们应该相信，凡是留存下来的作品都是鲜活且富有个性的。

我们身边的日本文学作品，其实都经历过种种变革。

一种新风消逝，就会有另一种新风出现。也许比起"消逝"，说"陈旧落伍"更加切当。文章陈旧落伍的速度之快，超出人们的意料，乘着文学新风获得认可的作家，往往自其获得认可的那一刻起，就已经朝着落伍之路迈出了一步。

每日担心"陈旧落伍"，祈愿自己的"创新"——这就是作家永无止境的修行。

阅读各位作家的文章，简而言之，也就相当于在追念各位作家的鏖战历程。

08 2 80

粗略地说，近年来为日本小说的文章变革做出贡献的作家，有泉镜花、德田秋声、武者小路实笃、志贺直哉、里见弴、菊池宽、宇野浩二、横光利一等诸位先生。他们各自创造了一种新的文章体式，为现代文章带来了变化和表现自由，不仅丰富了现代文章，也为其进一步萌生新风耕耘出一片沃土。

泉镜花、德田秋声、横光利一这三位，我们前面已经探讨过。就说宇野浩二先生吧，他大胆突破了"文语"的框架，发现了一种新的"口语"，仅此一点就值得永垂青史。武者小路实笃先生也是如此。

芥川龙之介和菊池宽两位先生，则属于更多借助于汉语词来丰富文章表现的文章家。

文章频频使用汉语词，会使得词语的生命力僵化，文学创作是以通俗易懂、新鲜、细腻、灵活、具象、情感等为生命的，因而作为文学创作的用语，汉语表达不应当受到更多的期待。但芥川先生的功绩在于，他为汉语词赋予了新的秩序。芥川先生的词语选择极其严格精准，这种语言洁癖使得他可以同泉镜花先生比肩。

菊池宽先生的文章遒劲简洁，为文学作品注入了共性和通俗性这两大要素，其功绩也不可磨灭。

志贺直哉先生的文章被视为近代文章的典范。如果说志贺先生的文章是理性之诗，那么久保田万太郎先生的文章就堪称情感之诗。

里见弴先生为陈旧褪色的日本文章体式增添了近代节奏，使之重获新生。

在这里，姑且摘录一段我过去所写的比较志贺先生与里见先生的文章的文字：

> 通过里见先生和志贺先生的文章，考寻两人的意识是如何变化的，也就是他们的心象转移的方式，是一件饶有兴味的事情。里见先生变化频仍，注意力转移迅捷，能够敏锐地观察和分解，一个紧接一个，或由一个事物观察扩至其周边，或由周边而集中至一个事物。而志贺先生却习惯凝视一个中心，观察透彻一个事物之后再悠然转至下一个事物，显然志贺先生注意力转移的距离更远，并且志贺先生关注的事物也比里见弴先生所关注的更显重要。所以说，志贺先生是更偏于直觉型的。在描摹人物心象的时候，里见先生往往过分渲染平静的内心变化，让人觉得他似乎把选择和克制丢到脑后去了。
>
> 志贺先生擅长使用侧面描写法、断叙法[1]，往

---

[1] 断叙法：与接叙法相对，指写作文章时在叙述和描写中故意中断文笔和文路，稍作停顿，或插入其他内容，然后"断线再接"——续接上原来的文路，明断而暗连，是一种增强文章表现力的方法。

往只用寥寥数笔便描画出需要表现的人或事或物。如果说里见先生的文章是以曲线来描写一个心理变化过程,那么志贺先生的文章则是直线,更准确地说,是一个个点来描写的笔法,也就是让读者顺着线上的每个重要节点追迹向前,以此来暗示整条线。

里见先生深入到一个事物中后便自以为是,或跳出其外,巡绕四周,从各个角度观察欣赏,露出会心一笑;而志贺先生却是一动不动地盘停其间,即使跳出事物之外,他也只是用其敏锐的视线从某一个角度再进行细致观察。

如今重读这段文字,感觉自己对里见先生有点苛厉,对志贺先生则过于宽容。倘若再补充一点的话,我要说,里见先生实在是一位天才。

里见先生的才能是上天独赐的,别人若是像他那样的话,弄不好就会有跌入深渊之危,但里见先生的天分则能使其完美地克服危险或远离危险。我无意对两位先生的文章分出高下来,也没有这样的资格。但可以说的是,想要承袭里见先生的文风,是件难上加难的事情。

不单是里见先生一人,大凡天分极高的作家,其文章都有着极其强烈的个性。泉镜花先生是如此,久保田万太郎先生是如此，横光利一先生也是如此。最近的，太宰治、织田作之助两位先生的文章，也都是闪烁着绝无仅有的才华的佳篇。

上述各位作家的文章，个性鲜明，同时令人耳目一新，年轻作家很容易为他们的新奇之风所吸引。但我要在此重申的是，上述各位的文章，是因为他们极具天才所以才能够做到这样，假如模仿他们，势必要冒极大的风险。

在这一点上，志贺先生、菊池先生的文章则将自己的天才之光韬隐不露，恪守文章正道，几近毫无瑕疵。

第七章

∝ 1 ∞

写作文章需要孜孜不息的努力,这种努力终有一日会化为作者的血与肉吧。

才华横溢的作家凭借才华创作出充满个性的文章,而才华不足的作家则需要通过努力去发掘自己的风格。前面提到的前辈作家中,与泉镜花、里见弴两位先生相比,单从与生俱来的文章才华来说,德田秋声、菊池宽两位先生就远远不及了。但是今天,我们却不可否认,他们各有所长,各自都绽放了绚丽的文章之花。可以说,德田秋声、菊池宽两位经过努力最终创造了一个完全不同于泉镜花、里见弴两位凭借天生才华而创造的文章世界。

> 十二位卖货女郎、又被称作曼姬的美女,正在商讨宝市摆摊的事……
> 上等的绸缎小袿、大红裙裤,单单这些也就不足详叙了,看看这上下一袭装束的穿着准备

吧——从当晚丑时三刻起，众人齐聚女红屋，一个接一个沐浴净身。雪白的肌肤，凝脂般的四肢，一个个以热汤洗去红妆，再浑身抹涂香粉。濯罢长发，精心栉梳，乌丝长垂，绿珠泠滴。枕着香枕静待天边现霞光。鸡鸣数声闻，发绳染钟音。身清心洁，唐衣着身，穿上裙裤，已是东方泛白，旭日刺破晨雾，染红了天空。

黎明的住吉大社，松树挂满白布条。随参拜队伍缓步穿过林间，行至市场之所皋月御殿，方解开一路装束，美女十二人，裙裤十二条长拖身后。

来到御殿，十二美女正面合掌而拜，鱼贯而出。神官神情威严，站立彼处，先赐盛于土瓷酒器中的供神酒、昆布结，再赐柏木扇。领受了赐物，返回座位。绯红、萌黄、金银丝线绣就的平金小袿熠熠发光，与木门上绘的松影交相辉映。阳光射向枝头白云缭绕的松树林，众人列成一排，巫女纷纷步出，为每位美女面部涂上第二层香粉，点上红痣，再以墨描眉。

以上是镜花先生《南地心中》第十九节的开头部分。

"啪嗒!"

声音就发自枕边。冷不丁地响起这么一声,而且只响了一声。一定是有什么东西掉在了榻榻米上。是什么呢?她没有心情抬头去察看一下。她将左手拿着的杂志搁在被子上,抽回手,两手交叉放在胸前,左手石头般森凉的感觉渗入右掌……

她睁开眼,却看到侄女微微张着眼睛,正目不转睛地盯视着自己。

她吓了一跳。

"你干什么呢?!"她跃起身来,"小节,你干什么呢?"

"太吓人了!"侄女穿着睡衣,扑到她身上,将脸埋在她的膝头。

"我问你怎么啦?"

"那是什么?"侄女微微抬起头。

"不知道啊!"

她推开压住膝头的侄女,打消了踌躇,开始探查枕边。在她感觉到的地方再过去一两尺,备后草席上,凋枯折落着一朵硕大的红艳艳的山茶花,仿佛一只碗盖倒扣在那里。先前住的房前院子里山茶花盛开,她不舍得没好好看个够就搬离，便拜托管理房子的人剪了一大捧下来，插在青瓷花瓶中装点在新家里——到现在已经有四五天了……

"小节，你可真是的。"

听她声音，好像已平静下来了，侄女这才仰起脸。

"您怎么了？"

"你才怎么了！"

"不是，明明您刚才……"

"我什么也没怎么呀。"

"哎呀，您刚才不是'啊'地叫了一声吗？"

"谁让你半睁着眼睛直盯着我看呢。"

"那还不是因为您脸上一副可怕的样子，书也不看了，还把手缩回到被子里去了嘛。"

"你都看到了？"

"我还以为有小偷进屋了呢。"

"傻瓜！你怎么不睡了？"

"还不是因为您叫了一声。"

"瞎说！我什么时候叫了？"

"是吗，真的没叫吗？"

"谁叫了呀。"

"真的吗？那是我睡糊涂了？"

"不是啦,是山茶花谢了。"

"唉,真吓人……"侄女突然一把将她紧紧搂住,说道,"我怕我怕呀,你可别吓唬我!"

"你才吓我一大跳呢。"

"可是,谁叫您这么说啦……"

"我没有吓唬你呀,你看,就在那儿……"

"吓人吓人,我不看!"

"傻瓜,是壁龛上插在花瓶里的山茶花谢了。应该是它掉下来的声音把你弄醒的。"

"是吗,真的?"

侄女这才抬起头,视线越过婶母的肩头,战战兢兢地朝壁龛望去。"呀,怪吓人的,通红通红的……"

"这你不要管它啦,红的也好白的也好,到了该谢的时候总要谢的,通红通红的又怎么样?"

"反正看着让人心里发毛。"

"那你就把它拿走去扔掉。"

"我怕,还是您去扔吧。"

"扔不扔的无所谓啦,别管它就是了。"

"可是,它就像在滴血……"

"不是说了嘛,不要管它了!"

她漂亮的眉头挤成了一个"八"字，生气地嗔怪侄女："我可不管你了，我要睡了。"

　　她推开不知什么时候爬到她被子上来的侄女，咕咚一下躺了下来，随后撩起睡衣将脸蒙住。

　　"哼，你真坏！"

这是里见弴先生的短篇小说《山茶花》当中的一段，它同样是日本近代文学中屈指可数的名篇，和前面引用的镜花先生的作品一样，语言丰富，文字华丽，一字一句都活灵活现、让人身临其境。打个比方来说，这两位笔下的语言似乎自己在健步行走，而作者更像是在后面追着语言前行似的。

　　那儿摆放着一只用台湾名木制作的茶具柜。我注意看了看，发现饭桌也是用相同材质的整块木板制成的。

　　我又登上养子夫妇卧室所在的二楼。总的来说，这房子比起我上次来的时候要宽敞了许多，哥哥他们老夫妻楼下的两间屋子也收拾过了，显得空间更开阔，而且亮堂了许多。

　　二楼的一间屋子里，并列摆着两只漂亮的柜

子，也是产自台湾的，里面也放着若干在日本本地不曾看到过的装饰摆件。

"房子不宽敞，所以用不着的东西都堆到仓库里去了。"

基于对军人的肤浅认识，我对与我毫无血缘关系的他的生活做派感到很不可思议。这和我成天忙忙碌碌、老是心神不定的都市生活截然不同。

很早就听说，他已经辞掉了军职，但他现在似乎还是有些忙。

我走下楼梯。

"还会打仗吗？"我试着问了句。

"当然不会打仗了。"他答道，对我的问话似乎颇感惊讶。

我在想舞厅的事。昨天晚上，我问过饭馆的女招待，知道这小镇上也有一个跳舞的地方。

不知为什么，我很想马上付诸行动。

去到舞厅所在的街道有些距离，但还不至于借一辆交通工具前往。

我说了声"出去走走"，便穿上那条冬天的厚裤子和山羊绒外套，走出门外，朝那条熟悉的街道疾步而行。四下像梦境一般悄无声息，一片昏暗。

那条街在这个小镇的中央大街后面，小说家

K就是在那儿长大的。我在那条长长的街上走了几个来回,连个舞厅的影子也没有发现。昨天听和尚说,这间舞厅同这座小镇唯一的达达主义雕塑家M某先生有点关联(用不着这样大惊小怪的吧),这让我很感兴趣。

终于,我看到了"交际舞厅"几个红字,是用一长串灯泡横着缀成的。面向街道的磨砂玻璃上,摇摇曳曳地映出舞者的身影,爵士乐的喧响搅乱了小镇的宁静。

前面那扇气派的格子门就是舞厅入口。门上是用双色玻璃拼出的格子。进门后,没有铺设地板的玄关右侧垂着幕帘,旁边就是售票台,左侧的墙壁上挂着入场须知。

大厅是M某先生的工作室,地面铺满了水泥,大约有十坪左右。

我当即买了票。和东京的培训班相比,这里很自由,和谁跳都可以。三个像是舞女的姑娘,一个身穿西服、四十上下的妇人,还有一个稍显年轻一些、穿着和服的妇人坐在一张长椅上,我在她们对面坐下。看着两对舞者正在场地中间跳着,他们的舞步都很准确,舞姿也很专业。

我发现工作室的一角,立着一座巨大的金黄

色外国军人塑像,上面没有用布或罩子之类的东西覆住。

我只跳了两曲狐步舞,鞋底下粗糙的水泥地让人有点分神。伴舞姑娘陪我跳的,她的水平差不多也就是二流程度。

这是德田秋声先生的《小镇舞厅》中的一段。

斩杀了上州岩鼻的代官,为躲避八州捕吏,国定忠次一家避居于赤城山。及到此处也渐渐防守不支时,忠次便率领部下十四五人拼死杀出一条血路,向信州方向败逃而去。

夜半,他们渡过了利根川。涩川桥已经被捕吏把守得严严实实的,故此他们是绕到一里开外的下游渡的河。由于水势湍急,他们只能在两岸拉着绳索渡河,但仍有一名部下手一松,掉入河中被激流冲走。

他们沿着伊香保官道,走山背没有路的僻处,从涩川一路奔向榛名。费了一天一夜,终于翻过榛名山。可是,过了榛名,前面不远处便是此地大户的衙门。

要往信州去,这个衙门便是第一道关口,过

了这道关口，一路向前直到信浓地界，则全是连绵不断的群山。

忠次一行摸到衙门前时，是拂晓时分。衙门内只有五六名吏员，见忠次一行人来势汹汹，未敢发一声，眼睁睁看着他们从眼皮下通过。

过了关口，大家才松了口气，放下心来。避开大路官道，他们向山阴侧进发。渐渐的天色发白，天亮了。此时正是上州一带春蚕开始孵化的暮春时节，从山上向下望去，晨雾中，只见沿大路逶迤错落的村落之间，尽是一望无际的翠绿桑田。

这是菊池宽先生《投票》的开头部分。

刚刚读过镜花先生、弴先生二位的文章，再看秋声先生、宽先生的文章，或许会有文笔粗糙、平淡无趣之感，甚至还会有读者不加细品便贸然下结论，认为与前者相比，后者显得稚拙粗陋。

但倘若读者用心读的话一定会发现，后者自有偶然而立的理由。的确，后者不像前者那般华丽，既没有前者那样丰富的词汇，也没有前者那样绚丽的文采；但是，后者的每字每句中都透出一种不可撼动的威严。与前者行云流水般的节奏相比，后者则是更加精准、更加直接地与描写对象短兵相接，捕捉到各种细节，并将其尽入笔端。

后者的语言，在作者的自由掌控之下显得生动而自在。

从这里读者也可以领略到，天分的差别未必决定了文章的高下。

相反的，我们完全可以这样说：天分殊渥的作家，其文章往往恣意任情、自如挥洒，但稍有不慎便会流于饶舌、自说自话，最终导致失败；而通过孜孜努力完成的文章，也能达到一字难易的完美境界。

这两种文章殊途同归，自然都应当奉为佳作。但是由天分诞生的优秀文章可望而不可及，我们所追求的，应当是通过努力创作出优秀的文章。

通过上面引用的例文可以得知，镜花、弴两位先生的出色文章，同时暗藏着一种危险，一步不慎，就可能变成饶舌文或内容空洞的美文，只有如两位那样的天才才能驾驭。一般人假如模仿的话，那么其文章立刻就会变成徒具美文调的空洞文章，乏味得令人作呕。

天分殊渥的人所走的路，看上去十分华丽而平坦，但是对于普通人来说，却是危险至极。普通人还是应该选择平凡的文章正道。

关于里见弴先生，前面已有所论及，下面再稍稍补充说一说他的文章。从他的文章中我们同样可以看到其所蕴含的天分，一如诞生于近代日本、像泉镜花笔下的杰出文章那样。

我曾经这样论述过里见先生的文章:

> 首先,我们从里见先生使用的词汇来看,涉及雅语、汉语、俗语等,广涉博观,信手拈来。在他稍早期的作品中,这类词汇加上自由任情的句法,从读者的角度看,似乎在视觉与听觉上并不完美,也不够谐和雅正,但却是非常新鲜活泼。词语、文字,一旦经过他的调遣运用,都会突破原有的约定俗成的含义,摆脱僵化的固态,被他赋予了新的生命,欢快地跃动起来。从严格的文章论和文法角度来看,这样的语言文字运用,太过任性随意,有损文章的完美,然而事实是,他的文章却因此而实实在在地洋溢着一种生动的表情……在这里,关于他的文章给人"自由任情"感受的具体出处,我就省略不一一列举了,简而言之,其词汇的选择、搭配、修辞(Figure of speech)、句子组合、段落与段落的组合,等等,统统让人产生这样的感受。我们甚至可以进一步总结说,他的文章摆脱了既有的文章之道的束缚,不是以写文章的心态来写文章,而是自觉地向新式"口语体"(相对于written

language 的 spoken language）靠近，用最直接的形式将其内心的律动节奏用文字表现了出来。

另外，在其他场合我还这样说过：

> 让里见先生的文章大放异彩的，应该是其敏锐而丰富的联想。正是这种联想，能够令里见先生在各个角度都运用了前人从未用过的比喻，创造出使读者稍觉困惑但却充满新意的形容词和形容句。同时，这种联想力还为先生带来了缜密周至、滴水不漏、极富才气的精妙构思和文章表达。里见先生在描写人物的心理及行为的时候，为了使其更具必然性与现实性，往往会从各个方面进行挖掘、理清因果，这种做法令人唯有叹服不止。这种前后左右里里外外全方位的观察，缜密周致，让他的文章具有一种"详叙癖"。这种"详叙癖"从文章表达延伸至作品结构，产生令读者不得不认可的说服力，也更令读者为小说家所发挥出来的灵活与自由而感叹。

不只是里见弴先生，佐藤春夫先生也同样。大凡能写出一手细腻文章的作家，都擅长讲故事，具有旺盛的创造力，感情细腻，意识流动敏捷而自由，擅长在不知不觉中将读者带入其文章世界所营造的梦境之中。

❧ 2 ☙

泉镜花、谷崎润一郎、佐藤春夫等先生陈述详备、表达细腻的文章，为读者建造起一座座空想之城。毋庸赘言，他们的文章都充满着幻想因子。但是，倘要活灵活现地描摹出一个不存在于现实世界的梦中之国，且还要让人觉得它确实存在，显然还要借助更多的词汇、更加巧妙的表达技巧。也就是说，作品的题材距离现实生活中的柴米油盐和常识性的思想感情越远，读者就越需要依赖作者的想象，否则就难以进入这种虚幻的世界。但同时，假如作者沾沾自喜于能够描摹出常人想象不及的美丽的梦幻世界，陶醉于呈现这个世界给自己带来的愉悦，则会陷入那种被称为艺术至上主义的创作态度。

一般来说，每个时代，对于文艺素材、主题选择及处理方式、表达手法等，多数作家都有着共通的喜好和倾向。换句话说，存在着某种时代常识。而一名优秀的作家，就必须凭借其个人特质，在某一点上突破这一范畴，而得以突破范畴的这个点，就是他应当倾注全力的着力点,也是形成他作为作家确立自我特色的立足之点。这个点,就是他对于人生的理解,或者说是对人生的全新理解,抑或是新的创造。然而,这里就会有一个问题,即作者对于自己的思想、情感、想象等究竟在多大程度上突破了常识范畴这一点上,绝不可发生误判。例如,仅仅突破了一尺,却自以为突破了五六尺并为此自鸣得意,为了解释这一尺之差,却花费了解释五六尺之差才需要的大量词语,啰里啰嗦的,这样便会堕入俗冗之坑。前面提到的详叙法不是没有这种危险性。

说句题外话。所谓的"通俗小说",其一大特点就是作者的常识与读者的常识形成一种妥协。例如,久米正雄先生的作品就是在这种妥协之上绽放的色彩艳丽的花朵。此外,谷崎润一郎先生初期那些绚丽华美的作品,仅从文章的角度来看,我也觉得它们稍有通俗之感。当然,谷崎先生的文章的很多特色弥补了这一不足,例如大胆展开的想象、滔滔江水般的张力等。小说与其他文章——例如议论文——之间有着本质的差异,这一点至近代以后越来越明显。尽管用"滔滔江水般的张力"这样的描述来评论小说文章,这本身就会让人质疑是否合适,但我们仍不得不说谷崎先生是一个巨大的存在,现代作家中像他这样称得上大文章家的已经凤毛麟角了。

∞ 3 ∞

如果说谷崎润一郎先生的文章像滔滔江水，那么佐藤春夫先生的文章则似湛湛川流。两位先生同样想象丰富、擅长联想、文笔细腻，假如说谷崎先生的文章更重说明，则佐藤先生的文章可以说更重表达。之所以说更偏重表达，是指其主观的色彩更多一些，也就是说，文章的一枝一叶中都深藏着作者的神经和情感，文字描写的背后流动的是作者吟唱般的心情。可以这样说，佐藤先生的文章是一元性的，即所有的一切都被蕴含在了作品情绪或称之为感怀这清一色的氛围之中。就这一点而言，佐藤先生的文章与室生犀星先生（前期作品除外）、永井荷风先生的文章颇有相似之处。

文坛时常探讨"风格""心境"这类问题。假如仅就文章来说的话，大概就是指，文章微微散发着老熟的气韵，或作者的情绪浸透于一字一句之中，较之矿物性表情，作品呈现出来的表情更类似于植物性的，或者说笔下所有的事物都被赋予了作者的情感，等等。进一步来说，文章的写作习惯，累月经年就会化为"风格"或"心境"的外衣，变成气韵生动的乘骑。有其助势，作者的创作意图与创作才气才能生动活泼地显现出来，超俗的情怀才能翩然遨游于天，这种"气韵生动"的境界无疑就是艺术的至高妙境。令人遗憾的是，在现代作家中，只有在德田秋声、泉镜花、葛西善藏、志贺直哉、横光利一等几位先生身上，才能领略到这等妙境。近松秋江先生的文章宛似跛足的古典作品拄着松木拐登场，风趣盎然，可惜其"详叙癖"只消"情意绵绵"一语便足可道尽。与永井荷风先生相比，他的语言有时候仿佛卡在喉咙里一样，令读者替他着急，当然也正因为如此才更显得情意凄戚。不过，里见弴先生的"详叙癖"与上述各位有着大不相同之处。

谷崎先生与佐藤先生文章的差别，看看下面的实例就一目了然了：

> 阿要其实还不知道这个女人的真实年龄。她的穿着打扮一副老人才常有的模样，像"通风织"啦，"一乐织"啦，还有硬撅撅的、仿佛缀着锁片般厚重的小碎花绉绸等，都是现今早已不流行的衣料，是从五条一带的旧衣铺或北野神社的早市摊档上淘来的，沾满积尘、破旧不堪，也不管她不情不愿的硬逼她穿在身上，朴素得不能再朴素，看上去差不多有二十六七岁的样子。而且，为了和上点年纪的人更显般配，似乎有人叮嘱过她，万一被人问到，就说自己是这个年龄——然而她举着镜子的左手，那粉红色的手指

上透着润泽的指纹，怎么看也不像是仅仅沾了发油的缘故。阿要是第一次见到她这副模样，掩在薄薄的衣衫下的胴体隐约窥览得见，丰腴的肩头和臀部，让这位优雅的京都女子无可掩饰地暴露出其年龄——她不过才二十二三岁。

（谷崎润一郎《食蓼之虫》其十的片段）

    高木答应给玛丽出三百日元，完全是兴致所至，随口那么一说。熟悉高木这家伙的人，谁都明白就是这么回事。

    玛丽之所以想到高木这儿来商量钱的事情，也是因为从三浦那里听说高木的这种脾性。带着这样一丝侥幸心理，加上对玛丽来说，眼下也没别的法子，就算弄不到钱，也会央告高木的。

    不料，玛丽被抓住了。

    期限到了。但是之前对方只来过一封信，玛丽也一本正经地回信表示到了日子她会去见他们的，谁知道对方却突然闯来了。

    当初收到对方的信时，玛丽就吃了一惊，她至今也不清楚对方是怎么打听到自己住的地方的，这是让玛丽更加感到害怕的事情，她心想自己躲到哪里去也没用。结果就在这个当口儿，出乎意料的人就来了。

玛丽是在向岛的中人铺那里被抓住的,受指使前来抓人的是"上总屋"的人。玛丽根本不认识这个人,大概也有这个因素,这家伙的做事伎俩十分狠毒。他先是假装客人的模样,进了铺子,要了一杯啤酒,便贼溜溜地盯着玛丽看。认准她就是玛丽后,"上总屋"便直接找到铺子管事的,将玛丽的老底全抖了出来,甚至添油加醋,让人以为既然玛丽是和三浦一块儿逃脱的,也就很有可能和三浦合起伙来一同犯罪,不,一定就是这样的。

管事的大吃一惊,把玛丽叫出来。他感觉来人绝不会善罢甘休,于是干脆把玛丽交给了"上总屋"。其实只要管事的不松口,玛丽是不会今晚就被带走的。可是之前,管事的曾两次纠缠过玛丽,玛丽都没有上钩,直到现在他想想就恼火。知道了玛丽的底细,管事的心想"不就是小酒馆里一个卖笑的嘛,改头换面装什么可怜",何况自己还被她拒绝过,管事的此时便气不打一处来。还有一层原因则是,玛丽到中人铺来才刚刚两个月,还没有预支过工钱。

"上总屋"说什么也要今晚把玛丽带去港湾

酒店。玛丽对他说，自己这就去找人借钱，希望宽限到明天再说，但"上总屋"咬定了今晚就是不松口。

玛丽即刻来到高木那儿，她让"上总屋"守在门前。玛丽脸色惨白地告诉高木说，"上总屋"威胁说手里握着自己和三浦勾结的证据，假如自己还想跑，对方宁可钱不要了，也会去向官府举报他们。她还将港湾酒店老板的品性也跟高木说了，随后央求高木，说如果回到那儿自己还不知会落得个什么样的结局，有什么办法可以让她不要回去。玛丽还说，三浦虽然是个薄情寡义之人，可这时候他要是在的话，兴许就能想出个什么法子来。说着，玛丽抽抽搭搭地哭泣起来。

（佐藤春夫《卖笑妇玛丽》的开头部分）

第八章

　　选择贴切的词语是创作出优秀文章的第一步——我在前面已经这样指出过，关于这方面的情况，读一读各位作家的文章，比聆听成百上千的理论更能够让人一目了然。

　　下面，我就随机引用几位作家的文章来看看。芥川龙之介、里见弴两位的文章，泉镜花、武者小路实笃两位的文章，以及横光利一、宇野浩二两位的文章……我们对照着来看看他们在词语选择上的差异，从而探索文章写作的秘诀。

　　　　接着，围在病床四周的门人乙州、正秀、之道、木节，一个接一个上前蘸水为师父润湿口唇。其间，芭蕉每喘息一次气息就微弱一次，喘息的频率也越来越低，他的喉咙已经不再颤动。削小的脸庞像蜡烛一般惨白，显出浅浅的天花斑点，两眼盯着远处虚空，目光呆滞无神，下颌银须丛杂——最后定格于这个场景，这个饱尝人性之冷漠的老人，仿佛步入梦境一般即将去往常寂光土。这时候，坐在去来身后、一直低垂着头默不作声的丈草，那个老实忠厚的禅客丈草，随着芭蕉气息渐微，不由得心中生出无限悲戚，同时又似乎有种无限的安详之感。悲戚自然无需费言解释了，这安详之感恰如黎明时刻稍带寒意的曙光在黑暗中渐渐弥散，令人不可思议地心情朗澈起来。此时此刻，丈草感觉自己内心所有杂念统统被荡涤一净，以致他竟一滴悲伤的眼泪也没有，甚至没有一丝钻心的哀痛。或许，他在为师父的灵魂超越虚幻的生死、皈向涅槃乐土而庆喜吧。然而，对这个理由他自己也不敢肯定。既然不能肯定，那么——唉，是谁在如此无谓的踌躇犹豫，竟敢愚蠢地自欺欺人？原来，在芭蕉人格压力的束缚下，丈草虚心屈志，原先的自由精神已经强抑了许久，今后终于可以放开自我，大显拳脚了，丈草安详的心情即是源于这种精神解放的喜悦。在这亦悲亦喜、心神恍惚之中，周围唏嘘啜泣的同门师弟似乎已经不在他眼中，他捻动菩提念珠，唇边微浮笑意，对着临终的芭蕉恭恭敬敬俯首合掌……

就这样，古今绝伦的俳谐大师芭蕉庵松尾桃

青,在"哀叹不已"的门下弟子环护之下,溘然离世。

(芥川龙之介《枯野抄》的结尾部分)

芥川先生的词语选择十分精准严格,他的词汇群中的词语一律都有正经的出处,且风格一致,可以这么说,就仿佛日本首屈一指的士族聚集区——山手一带的住宅街那样,鳞次栉比的房子每栋都散发着一种显示房主不凡身份与地位的气息,每座花园也依照房主的品位被统一成一种风格。而且不仅是词语的选择,包括修辞、文法、句子的视觉效果等,和森鸥外先生的文章一样,要说明显带有某种风格的话,应该都是古典主义倾向,但同时又不失新鲜感,这得归功于作者所具备的近代理性、机智诙谐以及都市人的敏锐神经。

虽然同样是借助了较多汉语词汇的文章,菊池宽先生的文章则绝对堪称浅显、新鲜、灵活,更加具象性,与芥川先生的文章恰好形成了对比。

泉镜花、里见弴二位,前面已经详细论述过,这里只引以下两段为例。读者从中可以看到两篇文章中的词语是如何依照作者的风格得以统一,并达到纤曲而优美的日语表达极致的。

黄昏时分才出门的小辈稚子们，再也不用害怕野兽出没了。旧时紧邻那座酒铺土墙仓房演出能乐的小屋早已不见踪影，取而代之的是一间挂着"东部警署"招牌的屋子。

　　一个临时的演出小屋，搭在以前在宫中饲养金鱼的女官曾经住过的房子旧址后面靠西、约占两栋房子大小的空地上。舞台正下方有一方水塘，演出的时候，正好可以将一口大缸口朝下埋放其中，可以使鼓声听起来更加洪亮。

　　时不时的，帷幕拉开后小亲也被推至台前，面对众多双看热闹的眼睛，跟阿忍、小稻一同演出狂言，她在台上用颤抖怪异的声音失误连连地唱数数歌。

　　动作难、舞蹈难。演出狂言不同于祭祀，不需穿戴特制的装束在大路上缓缓行走。忠于艺、精于技，小亲心想上神会看到她对于艺术的一片真诚。"她不过是坐在漂亮坐垫上混吃的"，这种讨厌的议论人们要说就随他说去。

　　对她来说，这又有何难？像这样站在台上，面对家乡的里邻熟人，她没有一丝羞怯。

　　然而真正理会她的人并不多。往来小路疾步而行的市村民，全都无心理会演出。生计艰辛，每晚聚拢来看演出的观客，远比想象的少得多。

说书人银六巡演大和时因病故去。小六年迈登不了台了。阿忍不得不去给人梳头。小稻的日子过得也不好。

这些年，栉风沐雨，朝有霜夕降雪，世间骚动纷乱，演出收入总是难如人愿。今年来这里情形也不乐观，小亲是跟人借了钱度日的。

虽然日子艰难，小亲却始终显得很快乐。因为很快，她就可以见到姐姐——那个被她当作姐姐的人了。

她有一个姐姐，就在家乡。

家乡的一切一切，都令她日夜怀念：这儿的天空，山坡上老枝斜披的松树，石头鸟居，遍地盛开的百日红，沙滩上的金色扁螺，甚至挂在房檐下司空见惯的蜘蛛网的模样，也是她怀念的对象。但最让她难以压抑思念之情的，还是住在广冈的那位唤作阿雪的姐姐，是她的继母。

姐姐因母亲的缘故，不方便过来，便叫小亲去广冈的家中相聚，但小亲希望姐姐直接来狂言后台。只要想到两个人终将面对面相会，小亲忍不住心怦怦跳，只要听到姐姐久违的唤声，小亲登时就会将她瘦小的身躯埋进那温暖的披肩下。

回想分别当时，多么凄寂。清冷的月光下，小亲脸色苍白，长期的生活困窘、满怀愁绪，使得小亲平日就弱不禁风，加上此时凉风吹拂，小亲只穿着薄衫睡衣，哪里抗得住。姐姐怅然倚户，远远地目送小亲，依依惜别的情景小亲始终无法从眼前拂去。漫长的八年时光中，每日每夜她都在重温那令人痛心的一刻。

她终于隔着土墙见到继母，是在回到家乡广冈后二十天的一个黄昏。

（泉镜花《照叶狂言》之二片段）

这栋总面积不足七十坪、天花板上满是明显的雨水污迹、曾经流行一时的美国组装式旧宅子，就因为距离停车场近，价钱也合适，我从出让人手里将它买了下来。找来木匠、架子工、裱糊匠以及其他工匠，重新装修一番，总算按时完工，让我终于松了口气。这是七月中旬的一天，我和妻子二人正准备返回八幡宫后山的老房子。老房子已经转让他人，在搬家之前我们只是临时暂住，因而住着心里很不踏实。七月，避暑游客蜂拥来到此地，据说人口因此骤然增加了一倍，本地商人或许求之不得，但我们这些从别处搬来此地的人对此却高兴不起来。火红的夕阳斜挂天边的时候，我们在十字路口和两个人迎面相遇，"啊！"对方赶忙停住脚步。两人身穿开襟短上衣、紧身裈裤，肩上还扛着土木工具，一看就是那种计日短工。其中身材短粗、敦实的那个，摘下戴了大概有一两年的麦秆草帽，用手抹了一把额头的汗，似乎不好意思地笑着向我打招呼——

"老爷！"

"原来是你啊。"

我一下子想不起他的名字，不过他的样子我还记得很清楚。

"你怎么在这儿？好久没见了呢。"

"是啊……今天，嗯，我们到后面……"

他用下颌指了指刚才走过来的方向，看神情，他对我们之间阔别十年毫无感触。他说了个我压根儿不知的名字，接着道："××家的塘堰豁了个口子，我们一大早就过来了，帮他们修堵好。"

和他同行的人没有止步等他，而是自顾自在前面慢慢地走，看着那个背影，我于是长话短说：

"我呢,明天,要搬来……"我退后一两步,用手示意着对他说,"那儿,就是旁边那条小巷子上的那栋房子啦……"

"是吗,那我明天也来给您帮忙。"

"你要是没预定事情的话,就来吧。"

"那我到哪儿呢?是这儿的新家,还是先前的老家?我到哪儿好?"

"先前的家,你不认识吧?"

"去是没去过,不过打听一下就知道啦。"

这时候妻子开口了:"还是来这儿吧。你就到这儿来。"

"嗯,好。"

他对我妻子也一样,全然没有"好久没见""您近来可好"之类的寒暄话,直不笼统的。"那就明天……明天几点钟来合适?我多早都没关系的……"

"我约的车子是八点半来,不过还得装车什么的……"

"知道了,我要是来早了,就先打扫打扫,等你们。"

就此告别后,他两条短腿迈开大步,追赶同伴去了。那副好似一人多能得不得了的架势,跟以前毫无两样。

（里见弴《无证针灸》开头部分）

武者小路实笃先生的文章，与他的文学追求密不可分。在他的文章中，同样闪烁着人类理想、人道主义的光芒。他的文章极其朴素，不讲求任何技巧，甚至给人以粗杂稚拙的感觉，行文不甚流利，词汇也贫乏不丰。其文章用语常常不统一，让人觉得似乎未经推敲斟酌，而是随着作者的文思随意流淌出来的，但这反而呈现出一种朴素的色调和真诚的语感。

若将武者小路先生的文章称为名文，想必异议不少，但是说先生的文章是一朵美妙的个性之花应该没有什么问题吧。

> 他每天都去见小泉。没有客人来访的日子，他一定会前往小泉的住处。从海岸边绕行过去，大概需要二三十分钟，假使抄直道，也要花将近二十分钟。
>
> 这段行程本是一次很好的散步，但要是见不到小泉，他心里就不踏实。总而言之，他不喜欢待在自己家里，因为家里就是工作室，待在家里总会令他想到工作，根本静不下心来，然而又不

愿意上二楼自己的卧房，而是在楼下和妻子、喜久子玩，但心里却放不下工作。走出家门，心想反正也无法写东西，于是反倒放松了。再有，要是有客人来，他也可以轻松地消磨时间了，所以他很乐意有客人来，当然要是来客不对脾气、无话可说，他也犯难，可很少有这样的客人来。

长与、岸田、千家时常来家里，木下不光来，有时还会住下。听到从鹄沼吹过来的风声，他很开心，说这声音就好像有乐座的风声。听他这么一说再细细听，那吹过来的风声与有乐座的风声还真的一模一样呢。

有岛生马也来过。与生马位于下二番町的家相比，他住的房子居然如此豪华气派（？），令生马大吃一惊。

渐渐天气转暖，春意融融，当鳟鱼开始出现在小河里的时候，他便和小泉带着喜久子去河里捞鱼。

（武者小路实笃《一个男人》片段）

不同于武者小路先生，宇野先生的文章则在另一个意义上同样极富个性。宇野先生的文章特色在于它巧妙的叙述方式，有时会让人有行文过于随意的感觉，他早期的作品受到批评，被认为过于饶舌。不过浅近的用语似乎成了他的文章风格。

> 从这房间向院子里望去，大部分是池塘，除了挨着三个房间的外廊供人行走的地方，以及仅有的两三棵树之外，院子里杂草丛生。在池塘对面的院子一角，有一间古色古香的供神的祠屋，池塘靠近这边房间的岸上立着一座小巧的石灯笼，灯笼的旁边是一截引水竹笕。要说景物，这些也算得上是景物了，不过，入夜以后，地面上的景物几乎全都湮没不见，只有稍稍低于视线的石灯笼发出微光，照在从竹笕滴入池塘的水滴上。能听见的声音，也只有竹笕滴下的水声，以及池塘里鲤鱼时不时蹿跳的声音。栗须感觉口渴想喝水的时候，片野的妻子便会从竹笕上接了水来给他。

（宇野浩二《梦中的路》片段）

最后我们再来看一看横光利一先生的文章，从中我们可以看到一种极致的个性之美。横光先生文章中的遣词造句，是其文学历程之艰涩的直接体现。他总是苦闷，总是痛苦，努力没有回报，却仍坚持前行，这些都赋予了他笔下的词语某种特色。他的文章之美，既不同于泉镜花、里见弴两位出自天性的自然之美，也不同于芥川先生因其教养洁癖而熏陶出的品位之美，更不同于前面刚刚说到的宇野先生和武者小路先生的那种至纯之美，他文章中的词语仿佛是挣脱痛苦之后发出的叹息。毫不夸张地说，横光先生的文章首先是从他同词语的角斗中诞生的。

  一天，我正在工场干活儿，女主人来了，说男主人要去买生金，她要我一起去，并关照要我替男主人一路上拿着钱袋。因为男主人每次带钱出门，总会在半路丢钱，女主人为此担心，便不再将钱交到男主人手上。迄今为止，这家里发生的大部分悲剧都起因于这件荒唐事，可是谁也搞不懂男主人为什么这样容易丢钱。丢了的东西，不管怎么骂、怎么警告，也不会再回到手上。话虽这样说，可是大家辛辛苦苦挣来的钱，就因为一个人的疏忽全部打了水漂，大家也不可能忍气吞声、不言不语的，何况这种事情不是一次两次，几乎只要带钱出门就会丢。按说这家人家久经洗礼，办起事来肯定会格外小心谨慎，远非普通人家可比，但我们若是这样去想这位带钱就丢的四十岁男人，那就大错特错了。即使妻子用绳子将钱包系于他的脖颈上,装在怀里,可里面的钱照样还会丢。这样看来,男主人应该是从钱包往外取钱或者往钱包里放钱的时候丢的,那么取钱放钱时三次里他照理总会有一次会格外小心——次次总丢钱,这次可不能再丢了,只要他稍加小心,实际上也不是那么容易丢钱的。换一个角度,曾经也有人觉得这或许是妻子的一种手段,想以此作借口延后付钱的时间,但由于男主人的举动实在出格,加上妻子的张扬,很快人们就觉得事情确实如此,总之男主人就是行为古怪。不把钱当钱,这句话是对有钱人的一种形容,可这家的男主人拮据到只能攥着五钱的白铜货跑去公共澡堂洗澡,还照样会将自家买生金的钱散给那些度日艰难的人,自己还忘得一干二净。这种人,放在过去大概就要被称为仙人了吧。但是,和仙人生活在一起的人,就总是要提心吊胆了,家里什么事情都不敢交给他处理,而且本来一个人能够办的事情,也得两个人才能办,因为这个人的关系,周围的人不知道要枉费多少努力。但即便事实就是如此,可有没有这样一位男主人,却直接影响到客户对这家人家的印象,简直是天地之别,恐怕正是由于男主人的存在，这家人家绝对没有遭到过任何人的嫉恨，即使妻子对男主人的管束招致别人的嘲讽，而好好先生的男主人对妻子的管束始终忍气吞声的样子，虽然显得很可笑，却反而让别人对他产生好感。有时候妻子稍稍看管不严，男主人就会像脱兔一样跑出去，将钱散尽而后快，这种做派更加博得了众人的好感。

(横光利一《机械》片段)

第九章

∞ 1 ∞

句子的长短，很难轻言其优劣。总之，我们要知道，文章的句子长短就像文章的词语选择一样，也显示了作家各自的风格。

志贺直哉、菊池宽、武者小路实笃各位先生的文章，句子较短。概而言之，不仅在日本，即使在西方，这种"短句子"似乎也是现代文学的一大特点。不过最近，长句子的文章多起来了，这也是战后文学的一个特色。

因此，句子的长短绝非偶然，而是体现着作家的文学观。说句题外话，据说它还能反映出作家的健康状态，当然这是因人而异的。血气方刚的青年时期，往往更多使用短句子，形成动态感十足的文体；相反到了老年时期，句子就会趋于内省，情绪的起伏变得悠长和缓。不知道是否确实是这样呢？

前面提到的各位以及横光利一先生的早期作品，句子都较短，久保田万太郎先生就借助短句子成功地表达出强烈的情感。

下面我们通过实例来考察一下文章句子的长短。为避免重复,就不再列举志贺、菊池、武者小路各位的文章了,仅举久保田先生颇具特色的文章为例:

> 二十一日是内人的忌日。恰好这天是星期天,天气又好,我带着清一去谷中寺拜庙。
>
> 返回的路上,我们信步走下芋坂,沿着走惯了的路拐弯朝根岸方向逛去。
>
> "小清,你知道'笹之雪'吗?"
>
> "不知道。"
>
> "没听说过吗?"
>
> "嗯。"
>
> "那,今天就带你去'笹之雪'!"
>
> 沿音无川走着,我对清一说道。偶尔和我一起出去,随便去哪里逛逛,顺便在外面吃东西,便心满意足了——清一非常乐意这样,所以我也尽量为他创造这种机会。这天照例如此,出门的时候,我就在想今天回来时是去金田吃烧鸡呢,还是去前川吃烤鳗鱼,一路上我也在琢磨这事。
>
> 走到这儿,我突然想到了"笹之雪",说不定小孩子会觉得那里更有意思。这样一想,我就

这么临时起意拿定了主意。

进了门,也许因为没到饭点儿的缘故,座位空荡荡的,门外也没有一个客人等候。我和清一在女佣放好坐垫的隔扇门旁边坐下。

"您是吃饭,还是喝酒?"

"嗯……来一壶酒吧。"

"……"

"再来个豆腐暖锅。"

"……"

女佣没有说一句话,离去了。我透过隔扇门的玻璃,朝白茫茫、毫无生气的院子看去。

"你看,鸡冠花已经变成这样子了。"

我指给清一看。干枯、黯淡、面目全非的鸡冠花,寂寞、无精打采的踏脚石,落日斜侧着烘衬出后面的建仁寺——看到如此光景,就知道冬天来了。

(久保田万太郎《如果寂寞》开头部分)

如前所述,久保田先生的短句的特色在于,既营造出细腻美好的情感、余韵和情境;同时,这种短句有时也会像志贺、武者小路、菊池诸位先生的文章一样,产生朴直、意向明确、富有张力的效果。

顺便说一句，久保田先生之所以能够使短句发挥出出色的效果，我认为在于他笔下人物的对话非常巧妙。也许因为久保田先生既是一位小说家，同时也是一位优秀的剧作家……他的每一段对话仿佛都能生动地发出声音，拨动人们的心弦。这是一种臻于极致的技艺。另外，对话与对话之间停顿的妙用也功不可没，通过这种停顿，可以道出更多的言外之意，这种高超的技巧，让人拜服不已。

不止久保田先生，那些从事或曾经从事戏剧创作的人，大都擅长写对话，多数情况下他们的文章句子都比较短。

短句子的文章，似乎可分为两类。一种像菊池先生的那样，是典型的散文，另一种则像久保田先生的这样，饱含着诗一般的意趣。

◌ 2 ◌

长句子往往具有详叙法的倾向。具有这种倾向的作家有正宗白鸟、永井荷风等，另外，谷崎润一郎、佐藤春夫、宇野浩二等几位的句子也较长。最近的作家中，高见顺、石川淳等的这一特点也十分明显。

擅用长句子的文章,一方面采用详叙法,同时也极其讲究修辞。永井、谷崎、正宗等几位的作品就是很好的例子。假如长句子不讲究修辞,而只迎合常识,无疑它就会变得冗长而乏味无趣。从这个意义上说,那些喜欢句式变化、讲究修辞的作家,他们多使用长句子构成大量复句来缀成文章。

夏夜黎明将近,蒙蒙眬眬中听到"哗——!"的倾盆雨声,君江正想再眯一会儿,突然窗下巷子里女人抱怨天一下子就热起来了的尖锐嗓音以及踩着木屐一溜碎步匆匆而过的声音,将她吵醒了。房檐下麻雀的叫声,稍远处的三味线练琴声,外面拉门开窗打扫卫生的声响,还有隔壁人家爬上屋顶晾晒衣服的脚步声。雨完全停了,太阳绽射出亮灿灿的光。客厅里昨夜一整晚开着灯没有关,门窗也关得严严实实,屋子里面闷热得简直让人喘不上气,加上自己睡觉呼出的气味熏得人脑袋发胀。君江从被窝中爬起,打算将木板套窗[1]打开。矢田昨晚无缘无故心情好起来了,于是这时他说了声:

---

[1] 木板套窗:日本住宅中为防雨雪等而安装在窗户外侧的滑动开闭的木制窗板。

"别动，我来开。真是太热了。"

"您看，都这样了，您摸摸看。"君江脱了镶有红色领边的漂白棉布内衣，趴在榻榻米上抻长胳膊，将内衣挂在窗户框上晾晒。

矢田见她这副模样，打趣道："这可比木村舞蹈团的那些个还要美艳哪。"

"什么美艳？"

"君江小姐的肉体美呀。"

君江忍住没有笑话他一句："人家不是常说'眼不见心不烦嘛'。"她看着他说："矢田先生，您在那里有相熟的吗？那里边的个个身材漂亮，女人看了都觉得漂亮，男人着迷也很自然的啦。"

"怎么会呢。舞台上看看也就罢了，要是面对面坐在一起，根本说不上什么话。那些舞女、模特儿，都是靠着裸体赚钱，连句俏皮话也听不懂的。除了阿君你，我哪个女的都不喜欢。"

"矢田先生，您可不能拿人家寻开心啊。"

矢田一脸认真，刚想说什么，这时候，女佣在隔扇门外说道："您起床了吗？洗澡水烧好了。"

"都十点了，"矢田拿过枕边的表看了一眼，"我一会儿得去店里稍稍露个面。阿君，你今天是晚班吗?"

"我今天三点的班。天太热了,就不回去了,我在这儿再睡会儿,到时候再去,您也继续睡吧。"

"嗯,我也想这么来着。"他想了想又说,"不管怎么样,我先洗个澡。"

矢田给店里打了个电话,店里说有事让他必须得回去,于是,他连早饭也没有吃,撇下君江就急急忙忙走了。这时候已将近十二点了。到现在也没有清冈的消息,君江便给平素经常叫餐的街口的饭铺去了个电话,请他们叫来了出租屋的老太婆,问了她一下情况。老太婆说,昨天晚上您的一位女招待朋友来了,先生和那个女的一起出去了,没有回来过。

(永井荷风《梅雨前后》片段)

他仍然没完没了地说"你瞎说"。丰美说:"您要是不信,我让您看看。"便抓住他的手指放在自己的后脑勺上,那手感凉凉的,确实有点像脱发的感觉。丰美说再往上。他刚才一直挺直了腰板,这会儿马上弯腰坐下来,还叫来了阿金。阿金用围裙擦了擦手,将后脑勺的头发分开看了看,然后告诉他,确实有一块斑秃,不过不大。"看样子,是去不干净的理发店的时候,被传上秃发病了。"说着,阿金试着揪了下斑秃周围的头发,头发一下就掉下来了。"这下不得了。先不管它吧。"丰美伸手想从阿金的手旁摸一摸看,阿金将她的手按住了。他将揪下来的头发对着灯光瞧了瞧,上面没有通常头发脱落那样发根部带有的白色附着物,像是从中间断掉的,但很难分出是发梢还是发根。秃头病,这是毫无疑问的了。

(高见顺《忘却故旧》第二节片段)

ଔ 3 ଓ

至于我自己,照第三方的评价,似乎也属于短句那种风格。虽然如此,但我绝不是短句子的赞美者。当然我也并非详叙法的否定者。

什么样的文章才是优秀文章?我可以非常自信地说,优秀的文章就是能够娴熟地使用所有的词语、自如地驾驭所有的句子的文章。

只有各种韵致和谐地融合于一体,才能产生真正的大文章。

然而，这可能只是纸上谈兵。无论词语选择还是句子长短，都会因为斟酌推敲、不断学习和吸收而产生变化，但仍可以捕捉到一些个性化的东西。对于刚刚开始写作的人，我们希望他首先要善于发现最适合自己心绪的，也就是自己最喜欢的文章。

文学艺术不同于数学方程式，严谨的理性分析难以到达之处，往往可以凭借爱憎之情感而抵达。"喜好"——对于喜好自身的探讨，往往能够捕捉到某种本质性的内心呼唤。

自己究竟应该选择哪条道路，首先要阅读，从而发现各篇文章的所长，从中不知不觉就会找到启程的第一步。

同时，必须时刻警惕的是，绝不可只沉醉于文章的长处，而忽略了其短处。

短句子有时既无文采，也无韵味，暗藏着使整篇文章堕入粗陋单调的危险。倘若一篇文章气息促急、枯燥无味，那它一定就是文思枯竭、想象折翼的。反过来说，长句子很多时候也会失之于冗长，使人错过它的高潮。

大致划分一下的话，短句子、省略法式的文章似乎更适合短篇小说的写作，志贺直哉、久保田万太郎等几位的文章就属于这一类；而长句子、详叙法式的文章则适合长篇写作，泉镜花、谷崎润一郎等几位的文章则属于此类。

再次提醒各位读者,词语、文体都是极具个性的文章要素——优秀文章的体式就是最适合自己个性的文章体式。不过事实上,现代文章艺术的一个最显著的特点,就是正在逐渐向详叙法靠近。

第十章

❦ 1 ❧

描写和说明,犹如车之两轮,都是文章不可或缺的,偏重任何一方都不行。

文章究竟以描写为主,还是以说明为主,历来就有各种论争,关键是要两者完美配合,才能创作出优秀的文章。

以前文坛上对描写和说明颇为挑剔。简而言之,所谓描写就是将事物具象化,用文字详尽地表达出来,用语言构建起一个凭感觉能够感知的世界。例如,《伊索寓言》中的故事情节大多都很简单,讲动物的各种行为、经历,文章最后往往会有一两行文字,概括这则故事里所蕴含的道理,也就是作品的主题。小学的德育教材中几乎都是这类故事。众所周知,某个概念、道理通过具体的事例讲出来,更容易为人们所接受。这种巧妙地使用具体事例的匠心,也就是文章写作的最基本的匠心,毋庸赘言,它也是文学作品打动人心的首要条件。将这种匠心坚持下去,渐渐地它就会成为作者的一种自觉,写文章时绝不会运用雷同的表达方式，就如同世界上没有完全相同的眼神、没有完全相同的山峰一样。基于这种自觉而展开的描写，就仿佛万绿丛中一点红，能够从众多其他事物中脱颖而出、自然浮凸。换句话说，它就活起来了。赋予某个事物具象性，归根到底就是赋予这一事物以个性。

此外，那种用视觉感知的世界，就要书写成仿佛读者能够亲眼所见的样子，用听觉、嗅觉、味觉、触觉去感知的世界，就必须书写成仿佛读者能够亲身所闻、所嗅、所尝、所触的样子。不过除了视觉，其他的感官世界不像视觉世界那样，不具备运用语言就可以自由地表现得极其丰富的特性。故此，即使是描写，关键问题在于"可视化"，也就是描写得宛如亲眼所见。描写的对象中，自然景物、人物的外貌以及动作等占据了大部分。

再有，人物描写必须在描写其外貌的同时，也描写其动作，否则，即使是可视的、如亲眼所见，也不是一个生动的人。

当然，文章的"声音"、文章的"气味"、文章的"触感"等也都很重要，不过这些则是另一个问题了。

文学作品中的描写，大致可以区分为两大类：即自然描写和人物描写。这里说的自然，不仅仅局限于山川草木，动物、天气、季节、建筑、房间装饰等也包含在内，总之，是指人物之外的所有景物。

不过，由于近年来文学只关注人情世故，或者人的心理，只顾迎合都市人的都市趣味，自然描写因此受到了极大轻视，这或许也有擅长自然描写的作家渐渐变得越来越少之故吧。为描写自然而进行的自然描写，纯粹的田园性的自然描写几乎没有了。可以说，在武者小路实笃、菊池宽、正宗白鸟、牧野信一以及其他作家的作品里，完全看不到自然描写。与此相对的，在自然描写方面有出色表现，或者文章中比较多地采用自然描写的作家，则有佐藤春夫、里见弴、志贺直哉、横光利一、室生犀星、吉田弦二郎、永井荷风、田山花袋、岛崎藤村、小川未明等。下面就简略地谈一谈这些作家笔下的自然描写的特色。

较之其近期的作品，里见弴先生早期的作品更能体现出一种新鲜感。因此，我对他初期作品中的自然描写更加感兴趣。我觉得他在自然描写中展现出的那种强烈的夸张非常有意思。他能够将作品的色调、人物的心理与自然融为一体，并且在此基础上，将自然描写作为强化作品色调和人物心理的工具，尽情地重笔浓彩地描写自然，这一点我觉得也很有意思。当然，小说作品中的自然，就相当于戏剧作品中的舞台置景以及肖像画的背景，因而这样处理是理所当然的，但像里见弴先生这样带着强烈的主观意识和主体感觉去完成自然描写的作家却很罕见。我在这里使用了主观意识这个词，也许有的作家会试图客观描写人物，但在今天，能够客观地描写自然的作家几乎没有。每个作家或多或少都执着于自我意识，以致让人困惑作者笔下的究竟是作者的主观意识还是作品人物的主观意识。大自然对人是毫无感觉的，它只是个冷静的、永恒无尽的存在——这种感伤心态成为客观描写难以逾越的关隘。田山花袋先生作品中时常出现这样的描写。而花袋先生的自然描写应该说是观察粗略，并不敏锐，但他却能细微地展现出大自然所散逸的那种恢弘之气，故而别有风韵。德田秋声先生笔下的自然，也有这种苍古的味道。葛西善藏先生的自然描写稍显古典，但相较于花袋先生和秋声先生，气韵更加高远，洋溢着一缕苍茫的万物之灵气。假如搜寻一下擅长客观描写自然的作家，我们还会出乎意料地发现横光利一先生的新颖笔触。

将季节、天气、景物，以及其他的各种自然界的变化，加入作品中来，以期营造出作品整体或部分的色调与氛围，这是作家们习为故常的手法，但是像志贺直哉先生那样对此极其敏感、几近神经质的作家却非常少见。我以为，除了志贺直哉先生以外，能够将自然描写创出新意的作家，也就是里见弴、佐藤春夫、横光利一等少数几位了。

久保田万太郎先生作品的情调，也与季节、天气、时间等有很大的关系。横光利一先生的敏锐感觉能捕捉到景物和点缀性的配景，令人印象深刻。佐藤春夫先生或许是第一个用近代都市的诗意感觉给自然重新浣染色彩的作家。室生犀星先生的文章没有刻意将景物进行视觉化处理，而是为自然景物加入了一丝细微的闲寂情绪。泷井孝作先生的文章常被世间认为试图将革新俳句的俳味引入散文中，但事实上，他那种打破常规的文脉是其苦心经营、意欲通过自己的诗感来表达自己的实感的努力结果。加藤武雄先生的自然描写虽无十分特别之处，但他试图以田园式、牧歌式的情调描写自然，这一点还是比较新奇的。

∽ 2 ∾

关于说明，高见顺先生曾发表过一篇题为《不能静躺在描写背后》的文章，论述了说明的重要性。读一读高见顺先生的这篇文章以及宇野浩二先生的文章，就会清楚地了解说明在文章中与描写交互存在的作用。

与高见顺先生的论说形成鲜明对照的，是小岛政二郎在新人时代所提出的描写万能论。在小岛先生的早期作品中，譬如《一枚招牌》《相互敌视》，这种完美融合到了极致的描写，读来仿佛触手可及般鲜活真实。

但总括来说,在一篇优秀的文章中,描写和说明应当浑然一体。倘若为描写而描写、为说明而说明,我敢断言,那肯定是条歧路。应当描写的时候描写、应当说明的时候说明——文章之要,尽在于此。

此外,关于文章中不可或缺的要素,即氛围、体裁、格调、含蓄、余韵等,还有许多需要说明的。但是从另一个角度来看,至少就小说的文章而言,正如我反复论述的,数百种理论也不及一次实践。文章孰优孰劣,不可能存在一个客观的判断标准。不少作家正是采用了理论上被视为"劣"的方法而创作出名篇,而采用理论上的"优"的方法却未能写出名篇的例子也有很多。

阅读、书写、思考——各位读者应当用自己的双手从自己身上挖掘某种东西,至于从自己身上挖掘到的究竟是金矿呢,还是仅充溢了泥水的沼泽呢?外人无从知晓,唯有自己才清楚。

书写、书写、再书写,直到挖出金矿——这种不屈不挠的精神,应该是提高文章水准的首要因素。

○§ 3 ßo

前面我们反复提到,优秀作家各有其独特的文章和文体，而审视每一位作家的话，可以说在其一生中也有相似的现象。

先从结论说起。优秀的文章，就如同一位作家在其艺术生命最昂奋的时期所达到的巅峰。当然，随着年岁渐长，这种巅峰状态会磨砺得更加精湛，显示出一种出神入化的艺术极致，但其中也难免少了些激动人心的气概，或者说魅力。处女作往往较稚拙，但同样拥有不输艺术修炼已臻极致的成熟时期的文章的优秀之处，也许是因为处女作的文章蕴含着更多的可能性，抑或因为它以悲伤的语调道出了内心深处某种迸溢而出的情绪。从这个意义上说，我也喜欢阅读儿童的作文，尽管稚嫩，但它却萌动着文章的本真之魂。

可以说，文章的秘密不在于技巧，而在于作者的热情；不在于形式，而在于作者的内心。许多作家一辈子也难以写出超越其处女作的文学杰作。很多时候，处女作就是一个作家的巅峰之作，其后的作品不过是它的变奏曲。

> 晚上去厕所从走廊走过时，总会突然听到一个声音："您是哪位？"声音平静，不像早已候在那里的样子，但也不是那种带着惺忪睡意、大吃一惊的声音，而是那种整夜没有睡过片刻、头脑清醒的声音。单凭声音，根本感觉不到那间屋

子里有人，因为只有这声音穿透黑暗兀突突地传过来。即使在黑暗中，也能清楚地听出是个上了年纪的女人的声音。突兀的声音让人心里发毛。就算没有忘记她仍住在那儿，但还是会让人吓一跳。"是我。"走过的人都要向她解释一下自己是谁。要是孙女仙子、琉璃子走过，什么事也没有，就过去了，可是遇到伊丹的时候，伊丹是一句话也不会回的。被彻底无视了。但必须承认，假如仅仅是无视其存在，对老太太来说，这样的夜晚还算走运的。比如那天晚上，老太太就好像走廊上某个部位，只要有人走过就会发出"嘎吱嘎吱"的响声那样，问了句："您是哪位?"结果，脚步声骤然停歇了。

"是我。老太太，有事吗?"

对老太太而言，其实只要那脚步声的主人跟她搭句话就行。不，事实上她根本不在意对方是否搭话。只要走廊上响起脚步声，不管什么情况，她都像"嘎吱嘎吱"的地板声一样，张口这样问一句。老太太蜷缩在黑暗中的六席屋子的榻榻米睡铺上，像块石头似的一动不动。明明是她自己开的腔，但她却完全没有意识到。

这是丹羽文雄先生《令人讨厌的年龄》的开头部分。这篇文章乍看起来似乎没什么章法，但却在距堕入"劣文"仅毫厘之差的地方，及时抽身闪避，与"劣文"划出一道分界线。由此，可以看到以文笔细腻起步的丹羽先生已经有了长足的进步，与此同时，从其初期的细腻风格中也可以看出他的这种坚持。

丹羽先生的文章意象十分明确，但乍看上去似乎模糊不清。可若说模糊不清，应当捕捉的元素却又都准确地捕捉到了。这种文章，让人看到了西欧近代文学作品中常见的那种庞大的结构感。

> 那天刮着干燥而凄厉的风，市子站在两国桥桥头等母亲阿半，她有东西要偷偷交给母亲，顺便也打算在这附近吃个午饭。
>
> 再过两三天，相扑的春季大赛就要开赛了，桥上过往的行人熙熙攘攘，而且有人已经开始预测起比赛了。
>
> 已经时隔许久了吧，从山手那边走过来，望着河里那青鱼脊一般混浊的水波，感觉就像回到了自己出生的故乡，她自然而然就想起了十七八岁时的种种事情。那时候，父母兄弟一家人生活在一起，尽管有时会吵得很凶，但遇到关键时

刻，全家人还是相互鼓励相互支持。可如今，一家人的人生好似被抛撒到了旷阔的荒漠一样，自顾自地过着沉闷黯淡的日子。

这是舟桥圣一先生《川之音》开头的文字。从某种意义上说，舟桥先生的文章与泉镜花、里见弴两位先生的相近。尽管称不上特别美，但一字一句之中都隐隐约约曳动着一丝情感，其清纯的美感或许源自江户儿的敏锐神经，但这种美感在舟桥先生这里却被巧妙地伪装起来了。与泉镜花、里见弴两位完全遵循个人喜好的风格相反，舟桥先生的文章符合一般的社会规范和伦理道德，正因如此，他的文章更具有大众性。古典修养的熏陶赋予了其大众性以高洁的意义，使得其远离卑俗，这一点很值得注目。

我让她帮我卸下背上的行李。

紫色的包袱里装了些绘本、水彩画具、平绣针法绣就的刺绣小品等。

"风琴一直在响，是不是有买卖了，去看看！"

我跑上栈桥，顺着坡路朝街市方向奔去。

大概是镇子太小的缘故，这里的狗都显得特别大。街市上的房屋顶上飘动着天棚，头插樱花簪的姑娘们三五成群地走过。

"哎——！……本商号虽是初来乍到此地，但本商号是绝不会把发蜡冒充蛤蟆膏、向各位推销冒牌货的！哎——！××宫大人也买过本商号的货品，诚惶诚恐得很，但这是本商号的光荣呀。本商号向各位推荐的药品，和那些随处都能见到的货色不一样……"

蚂蚁般聚集着的人群中，父亲的声音听上去似乎都是汗流浃背的。

渔夫的妻子买了祛除湿疹的药，插着樱花簪的姑娘买了装在贝壳里的眼药，装卸工买了疗愈跌打伤的膏药。父亲从摸得发亮的黑包里，像变戏法似的取出各种古里古怪的药，一边走一边在围住他的人群眼前晃动。

风琴被丢在木材堆上。

（林芙美子《风琴与鱼的街市》之三）

林女士的文章楚楚动人、富有诗意，既朴素又新鲜。乍一看，能够感受到类似于武者小路实笃、菊池宽两位的文章所具有的那种朴素感，但是林女士的文章又仿佛是诗性咏叹之后的童谣。从这个意义上讲，可以说林女士是一位掌握了高超文章技巧的作家。

二战结束之后的文章本也应当有所论及,不过它们似乎还有待时间的评判。在此只说一句:作为一种倾向,战后的文章大多偏向于详叙法,较之于情感,似乎更偏重分析,较之于感情,似乎更偏重理论。

下面我们来看看太宰治先生的文章。虽然不是战后的作品,但却是比较新的文章中的典型。

> 我曾经想到过死。今年正月,有人送了我一套和服作为新年礼物。和服的质地是亚麻的,上面还织着密密的青灰色条纹。我估摸这应该是夏天穿的吧,于是心想我怎么也得活到夏天。
>
> 娜拉也在思考。她来到走廊,随手"砰"的一声关上门。与此同时,她决定回去。
>
> 我没有做出荒唐事,回家时换来的是妻子笑脸相迎。
>
> 他一天一天地混日子。独自一人在出租屋里喝酒,把自己灌醉,然后默默地铺被睡觉。这种夜晚令他十分难熬。他已筋疲力尽,睡觉也不做梦,什么事情都懒得做。
>
> 他曾经买来一本《如何改善汲取式厕所》的书进行了认真的研究,当时,他对传统的处理粪便的方式十分头疼。

在新宿的人行道上，他看见一个拳头般大小的石块在慢慢移动，他不假思索地感叹道：原来石头也会爬行呀！然而，随即他就明白了，原来走在他前面的一个脏兮兮的孩子正在用一根线拽着那块石头。

受到小孩子的捉弄并不会令他气恼，即便是遭遇天变地异他也能坦然接受。他只是为自己的自暴自弃而感到寂寥惆怅。

（太宰治《叶》的开头部分）

是否应当将他视作受伤扭曲的灵魂所孕育的一个异类？实际上，文章的视点十分温柔，或许其中流淌的，是我们意料之外的古老歌声。太宰先生赌上自己的生命，试图摧毁既有的文章范式，但未及完成便遽然离世。其实，不止太宰治，最近的文章的一大特色，就是摧毁。每念及此，我倒是非常期待，究竟谁能够最终完成这种摧毁。

无论如何，具有生命力的文章能够从过往传承到未来，众多作家都在某一个时期印刻下自己的名字。谁传承谁？谁跨越空白期交棒给下一个人？最终这些文章历史的谜底，我相信应该交给读者来揭开。

我们试图要表达的，不管它是什么，只有一

个词是最恰当的；要让它活起来，只有一个动词；要形容它，也只有一个形容词。所以，我们必须一直寻找，直到找到这个恰当的词语和这个动词、这个形容词。我们绝不能为了躲避搜寻的困难，就满足于随意寻找到的结果，即使用戏法来蒙混，或玩弄语言的把戏偷梁换柱做得再巧妙也不行。无论多么微妙的事情，只要我们运用布瓦洛"每个词语放置在恰到好处的位置时的力量"这句诗中所隐指的暗示手法，我们都能将它表达出来。

这是居伊·德·莫泊桑的《两兄弟》(*Pierre et Jean*)中出现的福楼拜的名言，我将它转引于这册小书的最后。

附 记

这册书稿的大部分是曾在《文艺往来》杂志上连载过的内容,故此,从头至尾读下来或许会有前后不连贯、内容重复的感觉。尽管如此,我还是未加修改,尽可能保留发表时的原来面目。

(昭和二十四年二月～二十五年十一月)

II

文章学讲话（大正十四年七月）
新文章论（大正十二年十一月）
新文章论（昭和二十七年四月）

文章学讲话

（大正十四年七月）

修辞学小史
（附：本讲座的方针与目的）

所谓"文章学"，大致与"美辞学"或"修辞学"同义，这三个词语都是对应于 Rhetoric 一词的和译。

美辞学或曰修辞学，最早由古代希腊人创立，Rhetoric 一词即源自希腊语的"λὲω"。

"λὲω"一词原本是流水的意思，或许是觉得人说话时其思想和情感就仿佛流水潺湲而泻一般，于是这个词渐渐就有了"说话"的含义。而演变成 Rhetoric 一词后，即变为了"λὲω 之术"也就是"话术"的意思。顺便说一句，"λὲω 之术"有时候也可以称为 Oratory，也就是演讲术或雄辩术的意思。

因此，修辞学在它诞生之初及其后的一段时间内，不过是一种雄辩或者巧辩之术，并不是指善文之术。随着时代变迁，文字——换句话说，就是书写的语言（written language）——越来越受到人们的重视，以至这门技艺也就发展成了现在我们所谈论的修辞学，或者叫作文章学。

我们且将修辞学的起源极为简单地在此交代一下，因为在后面章节中要讲的内容很多，恐没有余暇再来专门讲述关于修辞学的创立历史。

西洋的修辞学史，大致可以划分为四个时期：第一时期为古希腊时代，第二时期为古罗马时代，第三时期为中世纪，第四时期为近代以后。也有学者在中世纪后插入文艺复兴这一个时期，将其划分为五个时期。

一如各位所周知的，在西洋历史上，古希腊和古罗马时代修辞学异常发达，名传至今的雄辩家辈出，这自然是有其历史原因的，因为当时的社会生活不能没有这些雄辩家。

古希腊最早的修辞论者当数公元前五世纪的恩培多克勒（Empedocles），但史书对其记载极为简单，只有短短数言，因而人们认为他可能只不过是一个善于比喻（即引用恰当的例子）、机智能言、总能在辩对中占得上风的舌辩之士。

而正式创立修辞学、将其作为一种术法的，应该是同时代的科拉克斯（Corax）。为什么说舌辩之术在当时成为一门不可或缺的技艺？因为公元前466年，叙拉古的君主专制制度瓦解、建立起了新的共和制度，而与此同时，之前财产遭没收的共和派流亡者纷纷提起返还财产的诉讼，但是，能够证明当时情形的证据却十分匮乏，于是只能通过在法庭上辩论来达到自己的目的。因此，修辞最初其实是一种用于诉讼和讨论的手段或技艺，科拉克斯的修辞法也只不过是一种被称为"盖然论"[1]的诡辩术，仍处于十分幼稚的阶段。

稍晚于科拉克斯而享有盛名的是安蒂丰（Antiphon）。他是阿提卡首屈一指的雄辩家，据称他是最先将修辞的理论与实践结合在一起的人，他还将辩词写在纸上，作为参考套路向出庭者兜售，或者代人出庭舌辩，从而开创了辩师这一职业。

再其后便是伊索克拉底（Isocrates），他将修辞作为一门学问向人传授，方使得修辞学在希腊和罗马帝国都赢得了教育上的重要地位。相传他著有《修辞学》一书，尽管这一说法真伪尚存有疑问。他有感于当时诡辩盛行、真理遭到曲解，导致道德混乱，于是立志建立一门真正的修辞学，摒弃无益的诡辩，通过修辞去求得真理。在他门下，一时聚集了许多有名的政治家、哲学家和历史学家。

在伊索克拉底之后崛起、勉励其弟子以伊索克拉底为竞争目标而努力钻研修辞之术的，则是古希腊的著名学者

---

[1] 盖然论：认为在所有有关道德的问题中，不存在确定性，任何具有可靠盖然性（即可能性）的过程都可能发生的理论。

亚里士多德（Aristotle）。他被视为多门学科的鼻祖，而古希腊修辞学的代表人物非他莫属，其《修辞学》一书称得上是空前绝后的名著，也是古希腊修辞学的集大成者。他涤除"智术师"（诡辩学派）给修辞学蒙上的种种弊陋，不遗余力地主张修辞是用于追求真理和正义的工具。在这一点上，他比伊索克拉底还要来得坚决。亚里士多德的研究方法，在当时而言，可谓极其具有科学性，令人不由得惊叹。正因为如此，他所构建的修辞学体系几乎成为后世唯一的科范，可以毫不夸张地说，历代修辞学者的研究和论述几乎都未能超出其范畴。他同伊索克拉底一样，认为修辞学是一种"基于辩论来说服人的技术"，与逻辑学不无相通之处。同时，他还认为修辞学是帮助缺少教养的人理解真理的一个必要的工具。他所著的《修辞学》共三卷，第一和第二卷主要论述论点的证明，第三卷论述话术、文体、结构等相关问题。亚里士多德从演讲和作文两方面来展开其修辞学论述，第三卷便包含了近代修辞学的主要架构，不过在他的论述中只花费了大约四分之一的篇幅在这上面，而将主要精力放在了说服以及辩证的研究上。关于他的著作，后面还将有所介绍，故在此处不展开详论。

此外，在亚里士多德《修辞学》一书问世数年前，阿那克西美尼（Anaximenes）也著有《修辞学》，与亚里士多德从理论方面进行论述相对，他主要从实践方面来加以论述。

在亚里士多德之后,许多哲学学者开始致力于研究修辞学,以至修辞学者与哲学学者被等同看待。在一段时期内,修辞学的实践派和理论派相互对立,后来赫尔马哥拉斯(Hermagoras)试图将两派调和折中,创立了堪称学术型的修辞学派,这一派的修辞学传至古罗马,极大地影响了该国众多的雄辩家。

在修辞学的第二时期即古罗马时代,最早论述修辞学的是加图(Cato)和安东尼阿斯(Marcus Antonius),其后修辞学家迭出,还问世了 *Rhetorica ad Herennium* 这样学术完成度相当高的著作。古罗马时代最具代表性的修辞学家是西塞罗(Cicero)和昆体良(Quintilan)。

西塞罗的著作中有一部《论演说家》(*De Oratore*),这部对话体的作品十分有名。因此,与其称他是一名修辞学家,倒不如说他是一名擅长修辞的大雄辩家,正如我们说"语言即人格"一样,他主张修辞不可或缺的是道德修养,不过从修辞学的角度看这部著作值得后世借鉴的东西似乎并不多。

与他不同,昆体良著有煌煌十二卷巨作《雄辩术原理》[(*De Institution Oratore*),又译《辩论术教程》(*Education of an Orator*)],堪称亚里士多德之后最了不起的修辞学名著,此举也被认为是完成了修辞学作为一门学术性学科的奠基工作。昆体良被委任为罗马帝国的修辞学教授,在他的修辞学体系中,不乏关于哲学、法律、道德、政治学等的学说,由此也可以看出,当时的修辞学是多么受到社会重视。尽管论述的内容极为广博、详细、集成,但终究也没有在亚里士多德所论述的范畴之外多出什么新的创见,不过还是十分着重论述了人格修养以及道德方面的内容,这也构成了古罗马修辞学的体系特色。在理论方面建树不多、没有多少发展的古罗马修辞学,在实践方面非常注重技能的修炼,涌现出了许多名垂千古的雄辩家。修辞学学者由皇帝授予公职,过着荣华富贵的生活,受到庶民的尊敬和仰慕,修辞学也宛如王者一样,成为诸学科的导师,那真是修辞学空前绝后昌盛的时期。

到了第三时期的中世纪,修辞学仍然在教育上占有极重要的地位,然而那个时代各学科都处于停滞不前的黑暗时期,修辞学自然也难逃逐渐衰靡的命运。

这一时期的大学,对凡是在四年时间内修完被称作"三学科"(Trivium)的语法(文典)、修辞、逻辑的人,授予其"学生"(B.A.)的称号。受这一风习的影响,牛津大学、剑桥大学等著名学府,一直到十八世纪都开设有修辞学课程。

第四时期的近代之初,西方全面进入文艺复兴时期,修辞学和其他各学科一样,逐渐绽放生机,蓬勃发展。

先是在英国，伦纳德·考克斯的《修辞技艺》(*The Art of Craft of Rhetric*)、托马斯·威尔逊的《修辞艺术》(*The Art of Rhetric*)等修辞学学者的修辞学著作先后问世，在法国则涌现了托克林、库尔塞勒等修辞学学者，只不过，他们充其量不过是试图让古人的术法重新复活而已。

唯一值得注目的是十六世纪末弗朗西斯·培根的修辞理论，他也被人赞誉为令人看到了近代修辞学的曙光，历来的修辞学者大都致力于劝教说服，而培根则引入了想象和情感，他还注意到了逻辑与修辞的差别。

十八世纪末至十九世纪以后，伴随着心理学、美学、语言学等的惊人发展，修辞学也取得了长足的发展，后章修辞各论中还将根据这些学说进行展开，在此就不一一详细介绍了。

布莱尔的《修辞学讲演录》(*Lectures on Rhetoric*)、坎贝尔的《修辞哲学》(*Philosophy of Rhetoric*)以及惠特利的《修辞学原理》(*Elemens of Rhetoric*)三部著作堪称英国近代修辞学的先驱。

布莱尔的《修辞学讲演录》，论述广涉美论、语言论、文体论、修辞论等，从以文学为论述主脉，将修辞学带入了美学的境域这一点来说，可以看出其已经成为某种新潮流的先导。

坎贝尔的论述注重纯文学。而与这两部著作不同的是，惠特利的《修辞学原理》则更倾力于纯逻辑方面，这是其特色。

除此以外，在英美问世的修辞学专著还有黑文的《修辞学》(Rhetoric)、贝恩的《作文与修辞》(English Composition and Rhetoric)、巴丁的《修辞学大系》(Complete system of Rhetoric)、希尔的《修辞学原理》(Principles of Rhetoric)、巴斯科姆的《修辞哲学》(Philosophy of Rhetoric)、凯洛格的《修辞学教科书》(Text-book of Rhetoric)等等，不一而足。

以上为西洋修辞学史的概略，即粗略地介绍了修辞学的起源以及对其的研究从舌辩逐渐转向文章的发展过程，概而言之，古代的修辞学具有浓厚的雄辩术的色彩，至近代才逐渐转为现今所说的文章学的同义语，且逐渐成为以富于情感的文章也就是文学作品为研究对象的学科，同时也渐渐显现出这样一种倾向，即作为一门纯粹学科，可以将修辞学视为美学的一个组成部分——读者只要对以上内容大致有所了解便可以了。

回过头来看东方的中国和日本，仅有一些零碎的修辞论，抑或只是些修辞论的半成品，需将其加以一番科学的组织营构之后方能成为修辞论，可以说完全没有真正自成体系的修辞学。明治时代一些学者模仿西洋而提出的修辞学，被认为是东方修辞学的元祖。但必须注意的是，东方的修辞论自其产生之时开始，就与西洋的修辞论截然相反，较之舌辩而更加注重以文章为主要研究对象，特别是日本的修辞学，这一倾向尤甚，可以说几乎从来就没有触及过雄辩之术。

中国的修辞论发端当属《毛诗》《周礼》中提出的"六义说"，但也只是极其初级的诗论，论述的仅仅是诗歌的分类法和措辞法。此外，在众多经书和诗文集中杂散着许多零星的相关论述，这些可以看作是修辞论的萌芽。

此外，众所周知，中国战国时代像古希腊和古罗马时代的智术师（诡辩家）那样的雄辩家层出不穷，周代末期、秦、汉时代也不乏优秀的文章圣手和诗人，但集其大成者则是梁代的刘勰及其《文心雕龙》，堪称中国修辞论的开山鼻祖，这部著作在东方修辞学史上的地位，可与西洋修辞学史上的亚里士多德的《修辞学》相媲美。

《文心雕龙》全书分为十卷，从科学性的角度来说还称不上条理清晰，但是从几个方面建立起了独特的体系架构，分别论述了文章的沿革、体裁、文体、修饰及其他。同样成于梁代的《文章缘起》则对文章进行了分类，将其分为八十四种，成为有名的文论专著。当时，也就是梁代，诗文的分解、批评十分盛行，由是，文论的发展也相当令人瞩目。

唐代是个创作胜于批评的时代，因此没有出现什么值得关注的修辞论著。

进入宋代以后，对诗文的研究和批评再度兴盛起来，涌现了许多修辞论述，其中以陈骙的《文则》和严羽的《沧浪诗话》最为著名。《文则》的论述体裁可以称之为修辞漫论，着力于诗藻之法，而《沧浪诗话》则一如题名，主要探讨论述的是诗形论、诗作法。

元代时有陈绎曾[1]的《文筌》，明代时有归震川的《文章体则》、徐师曾[2]的《文体明辨》等著述，但都不是值得特别一提的修辞论述。

清代的唐彪著有《读书作文谱》十二卷，虽说从理论角度讲显得并不十分统一，但其论述范围广泛，涉及书法、读法、评论、文体、词藻论、文章种类、诗文体式等，算得上是集成了古来各大家之说，从这一点上来说，大概可与古罗马时期的昆体良比肩吧。

概括来说，中国的修辞论既不统一也不成体系，并且将抽象的纯文学性文章与具体的读解赏析文章混为一谈。然而，其最大的特点是，从一开始就着眼于文学性作品，并在这方面留存有大量的修辞学素材片断，期待着有一天能对此加以科学的系统化整理。

---

1 原文为"陈绎会"，应系误植（抑或作者笔误）。
2 原文为"徐师会"，显系误植（缘于"会"字繁体与"曾"字形相似）。

至于日本的修辞学，较中国更加散乱粗糙，虽较早已有歌论、俳论、文章论、汉文和译法等，但都完全不值得置评。

空海的《文镜秘府论》堪称空前绝后的名著，不过，它却是用汉文书写的汉文论。其后一直到德川时代，出现了徂徕、山阳、拙堂等人的修辞论，但皆不过是零碎的文章讲释抑或中国修辞论的亚流。

和文方面，室町时代的歌谣曲作者世阿弥的文章观颇具独创性，但也只是零零星星的论述；德川时代的国文学者有过一些文章论，可惜也没有什么亮点。

和歌方面，自纪贯之的《古今和歌集》序以后，出现了许许多多的歌论、歌话（关于和歌的谈话、对话），倘若作为歌学史来看倒也罢了，但假如从一般的修辞学角度来审视，可以说完全没有值得一提的诗形论，俳谐方面的情况也是如此。

到了明治时代，涌现出了高田早苗、坪内逍遥等人，他们将西洋的 Rhetoric 翻译成"修辞学"或"美辞学"，并将其移植到了日本。

其后出版的修辞学著作中，岛村泷太郎的《新美辞学》、五十岚力的《新文章讲话》两部尤其值得记下一笔，时至今日仍称得上是日本的修辞学代表著作。这两部著作都是由早稻田大学出版部出版的，岛村的著作更偏向于理论论述，五十岚的著作则更侧重于作文法，在此推荐大家一读。

最后再来看看，修辞学在当今社会处于怎样一种地位呢？也许不得不这样说：除了极少数的学者，几乎无人关顾，就连日本的文科类大学大概也没有专门讲授修辞学的。

本来，修辞学理应作为一门独立的学科而存在，但目前在谈及它时却是将其一部分归于美学、文论，一部分归于日本文学史或文章史。除此以外，文章作法和作文教授法等尽管属于修辞学、文章学的范畴，但在现实中往往是人们更加关注其实用方面，而忽视其理论研究。

现今文坛言必称技巧抑或表达之类，说到底其若是离开了修辞学便无法成立，然而文坛的评论家们却几乎毫不关注修辞学，因此，几乎看不到任何理论性的关于表达的论述。当然，笼而统之说的是修辞学，实际上散文学与韵文学在这方面的情况大不相同。就诗歌而言，由于诗体是个非常繁杂、众说纷纭的考察对象，故而相对来说诗坛对于修辞学的问题探讨较多，加上本讲座另外专门开设有韵文讲座，所以我这里只以散文学为例来展开论说。

散文根据其写作目的、性质、长短等可以按照若干方法分为数种类型，其中我想只就情感性的散文，也就是文学作品来进行论说，各位只要将它看作是基于修辞学、文章学的一种文学论就可以了。

讲述者（Speaker or Orator）、受众（Hearer or Listener），或者说作者（Writer）、读者（Reader）等一些词汇，是语言学（Philology or Science of Language）和修辞学所共通的用语，由此想必大家也可以理解，这两者可以说都是研究人的语言活动的，因此，倘若不借助语言心理学，就无法从根本上去理解文章。换句话说，文章是传达思想和感情的作品，但是其传达媒介却是语言，假如不考察语言的话，文章的传达究竟是如何成为可能的，又是以何种方式传达的，这些问题就难以被很好地解答。所以，在下一章我将稍稍触及一下语言活动的相关理论。

此外，文学既是一种语言活动，更是一种艺术活动。

研究艺术活动心理的便是美学（Aesthetik）。如果说，修辞学也就是美辞学研究的是文辞之美，美学研究的就是美感本身。既然美学将文学作为艺术活动的一种来进行研究，所以对语言学、修辞学也不可能不闻不问。最近在由菊池宽、里见弴两位的论争所引出的意大利美学研究者贝奈迪托·克罗齐的美学论述中，语言学内容便占了相当多的部分。

正如修辞学有讲述者、受众，作者、读者之分一样，美学也有创作者、欣赏者之分，二者的心理活动也是区分开来进行研究的。基于这样的理由，我会将文章的作者和读者的区别置于脑中,来展开后面的论说。

也就是说,尽管对于与文章学有着密切关联的其他学科,如语言学、美学、心理学等,我可能力有不逮,但还是会适当地有所触及并参考,以此来展开关于文章学的论说,这也是本讲座的初衷,也就是希望大家能够更好地从理论的角度去理解文学。

当然,论说中会时不时地论及文章作法及赏析,同时也会涉及小说等的表现技巧一类的话题。

新文章论

（大正十二年十一月）

一

艺术活动，可以划分为艺术创作和艺术欣赏两部分，换作文艺活动来说，也分别有作者（writer）的心理活动和读者（reader）的心理活动两个不同部分。艺术创作活动以作品完成而终结，艺术欣赏活动则从接触到艺术作品那一刻开始。因此可以说，艺术作品就是创作者和欣赏者各自心理活动过程的连接点，创作者通过作品才能让其作品被他者看到，而欣赏者则是通过作品才开始介入到整个艺术活动中来。不消说，文艺作品是依靠语言学所说的"书面语言"（written language）来创作的，除了作品，作者想要表达的创作意图是无从晓知的。从这个极其简单的意义上来讲，作品即内容，艺术就是作品。

往小了说，一件文艺作品中的一字一句的选择和决定，往大了说，一件作品直到完成的整个过程，都伴随着作者的一个心理活动过程——严格来讲，是生理和心理的过程。从读者角度来说也一样。从一字一句的读取，直到通篇阅读完成，这个欣赏的过程也是一个心理活动过程。这个心理过程是艺术心理学上的一个重要课题，倘若从理论角度加以考察的话，艺术活动与作品的关系其实是个极其微妙且复杂的问题。对创作者而言，奉"作品即内容、艺术即作品"为信条当然没有问题，但从艺术研究者的角度来看，内容与作品，也就是作者的意识内容与作品的表现形式（就文学而言就是文章）显然要分为两个不同的对象来研究，即必须划分成艺术和作品——属于美学所称的"美"——及其表现方法、表现形式（就文学而言，就是作品的媒介，也就是语言）分别进行考察研究。有一种观点认为，作品无非是创作者与欣赏者的心理交流过程中某个不动不变的站点而已，是创作者与欣赏者各自广阔而自由的心理世界之间唯一相通的"窄门"。有必要观察通过站点时其前后不同的风景，以及作为这扇"窄门"两边的此处和彼处的不同风景。换句话说，研究者是站在"作品"这个站点，对在这个站点同时下车的创作者和欣赏者各自的心理活动，进行客观而独立的观察。这种行为就是对作品进行的理论性研究，这也是艺术心理学的重要研究课题。

上面这段文字或许令人难以理解，或者看起来更像是在炫耀学识、卖弄学问，但是文学作品的根本性理论，不借助语言学、修辞学（文章学）以及艺术学（美学）是无法理解的。个中理由就在于，文艺创作是以语言为表现手段的，文艺作品是一种"书面语言"（written language，与 spoken language 相对应），文艺创作也好，文艺欣赏也好，都是"语言活动"的一个方面。当然，并非所有的"文字语言"都可以称之为文艺，也不是所有的语言活动都是艺术活动（美的活动）。同样的，艺术活动只是心理活动中的一种，文艺活动也只是艺术活动中的一种。艺术有艺术的自律性，文艺有文艺的自律性——这是显而易见的，所以说，假如不按照心理学的研究方法，不以语言学、修辞学和美学为依据，当然也就无法从理论上来论述文艺作品。

从心理学出发探讨语言学的著作方面，神保格著有《语言学概论》；修辞学方面，岛村抱月著有《新美辞学》，但五十岚力的《新文章讲话》更胜一筹；从心理学角度论述文学理论的则有夏目漱石的《文学论》。以上四部著作从诸多方面来讲对于我们显然还是不够的，但也是相当权威的研究成果，文艺相关人士一读之下，想必一定会很受启发，而且读起来非常有趣。

尽管如此，不仅切实论及新的艺术，也能为即将到来的下一个时代的作品如何表达指出一个方向，从而让我们足可遵信并且满意的文学论也好表达论也好，可以说还绝对没有。上面提到的四部著作，一方面没有触及文艺活动心理的深处，另一方面向人们灌输的也只是时至今日业已僵硬化的概念而已。当今文坛的评论家中，福士幸次郎先生和井汲清治先生二人相对来说能较为精详地分析作品、评述作家，藤井真澄先生也曾经基于无产阶级文学的立场，提倡新的表现、新的作品，但此三人的言辞都略嫌粗率和浮泛。至于其他评论家，他们对于文艺作品所表现出来的识见之缺乏和理解之肤浅，甚至都不值得为之怜嗟。究其原委，当今的评论家大多脑袋里只装着所谓的"文坛常识"，在此基础上发表各种不痛不痒的言论，而种种"文坛常识"中，认知程度最为不足的，莫过于关于文艺作品的认识了，所以他们对作品的论述抑或对作品描写的论述，就只能陷于浅薄而无力的印象评述。即便是这种常识性的印象，倘若诘问一句它是怎样产生的，又是如何为读者感受到的，我猜想能够从理论上解释清楚的人大概一个也没有。概而言之，文章及表现手法等只要读过应该就能凭感觉知道其特色和文笔巧拙，从这一点出发就足以构成一篇作家论或作品评述，至于技巧或表现手法可以说只是末枝问题。之所以说是个末枝问题，是因为我觉得，他们对于表现手法的批评之眼，从未超出过常识性的印象批评范畴。我相信，在艺术论方面，他们可以说是不学无术，作为当代评论家，对于语言活动的心理学居然一无所知，对于人类拥有语言和文字所带来的真正的喜悦和真正的悲哀一无所知。如此说来，他们绝对不会懂得艺术活动的真谛。

"除掉语言，一个人没有其他途径袒露自己的心理世界，当她的话不能相信时——以前的那个女人就已经死了。"某位女性曾这样说过。歌德说："语言总是在出卖你。"斯特林堡在《一出梦的戏剧》中借诗人的口说："泥土的儿子怎样才能找到那样明亮、纯洁、轻柔的语句，以便它们从地上升起——？神的女儿呀……"意大利充满激情的美学家克罗齐则说"直觉即表现、即艺术"。人对于自身拥有语言之前的时代的人们那种精神上的乡愁，不止宗教，还以各种各样的形式出现在我们的日常生活中，但不管怎样，语言和文字毕竟是人类所有创造物中最令人惊异、最伟大的东西。既然如此，那么文艺也是令人惊异的造物，只不过，随着语言和文字诞生、人的精神和文化无限发达，许多东西同时也从人的精神和肉体上被去势了。语言赋予人以个性，但同时也剥夺了人的个性，文艺也背负了"契约艺术"的悲哀。语言具有语言学上所说的"不足性""不规则性"以及其他种种不足以令人信赖的缺陷，这样一来，根植于语言与文字的契约性活用之上的文艺，从各个视点来说，无疑都有让人可以将其否定的短板。从音乐及美术表现的角度来讲，对文艺表达形式的蔑视，包含着一定的正确性，从否定的角度，对文艺表达形式进行否定也包含了一定的正确性。论说文艺作品及其表现手法，就应当从这一否定的立场出发，通过对文艺作品的怀疑和省察，然后方可达至文艺的自律性以及语言的优美。要是有个别既能论说和批评当代的作品表达，又能提倡新的表达形式的评论家，该有多好啊。

纵观文艺史上的历变，一方面，可以看出由于某种人生观照和某种表达形式逐渐僵化、丧失了新鲜感，以及人的精神生活和物质生活的发展进步对于文艺的影响，另一方面，即使表达形式革新了，但由于人的本性终究挣脱不出语言和文字的束缚，无法做到完全彻底的自由表达，因此我们看不到在文艺表达上掀起过旨在追求自由和解放的"浪漫主义运动"。原始时代，没有语言文字，西洋古早的语言学中有"神赐"一说（Divine origin），日本的国学者中也有"言灵"之说，然而语言并非神创造的，所以说，必然会持续不断地发生针对语言的浪漫主义运动。从这个视点来看，文学表现以及文章的历变其意义就显而易见了，对于象征主义、最近兴起的表现主义以及达达主义等也就很容易理解并产生同情。回过头来看当今的创作界，我有种感觉，即呼唤新的文学和优秀的新人作家的热望其势如虹，是时候让我们期待在文章表达上也能涌现独出心裁的英才人物了。

二

　　文章论、表现论、技巧论，这三个词汇虽然没有特别的规约，但在实际使用中的意思还是稍有差异的。不过，在我后面的论说中，我倒是希望大家将其视若一同。

　　近年在文坛（不仅仅在文章方面）建立了殊勋茂绩的当数武者小路实笃、志贺直哉、里见弴、宇野浩二等先生，今后，应该是前田河广一郎、横光利一、稻垣足穗、泷井孝作、佐藤惣之助等人，以及暂时还未在文坛显露身手的其他新人吧。上面提到的各位，都有着独自的文体，但除了佐藤惣之助先生以外，均在新颖的同时都还或多或少带着些许"陈旧"气息，假如未来的文章全都受他们的影响，这究竟好不好呢？我是很怀有疑虑的。现在创作界不朝新的方向转变已经不行了，由于这个非常单纯的理由，较之文坛现有作家，我努力让自己对即将登上历史舞台的新人作家更加感兴趣。对现有作家来说普普通通的观念或文章，倘若新人作家也这样表达出来，所有人都会说："太陈旧了。"让人产生这种"陈旧"的感觉，只能从相反的意义上证明新人作家身上一般多多少少都应当呈现出一种新鲜感，这种新鲜感就文章表达而言究竟是什么呢？新人作家共通的时代特色，在金子洋文、十一谷义三郎、横光利一这三位作家身上表现得最为鲜明。这三位作家的文体都可以归为借鉴了"洋文结构",通过词汇的配列、修辞、句法、句子与句子的组合等,文章的整体节奏有种翻译文章的感觉,不止如此,甚至通篇都让人联想到西洋作家的风格。十一谷义三郎先生的《六月的故事》《花束》、横光利一先生的《碑文》《苍蝇》、金子洋文先生的作品集《地狱》中的数篇,假设分别以十一谷义三郎译、横光利一译和金子洋文译的名义发表,也没有任何的别扭不自然。之所以他们的文章给人这样的感觉,是因为这些文章与现代的口语(说话的语言)相去甚远,怎么看都像是文语(书写的语言)。Listen Language 终归是 Listen Language,它与 Spoken Language 的距离远近,可以用来区分各种不同的文章。这三位努力尝试的新式文语各自都取得了相当的效果,但不可否认的是,他们还没有摆脱这种文体所固有的不足(这一点容后再述)。单单以文章的老练程度而言,三人的排序应为十一谷先生、金子先生、横光先生。十一谷义三郎先生的文章极其洗练,与之相比横光利一先生的文章不少地方显得土气芜俚,而金子洋文先生的文章则较之二人更加自由流畅,但同时也稍嫌松散,故此,这里姑且只选择横光利一和十一谷义三郎两位的文章作为现今文章的样本加以论述,原因之一即是,这两位的文章中让人明显感受到的对于表达认真推敲的苦心和努力,另一个原因则是这两位的"文章偏好"。

这种偏好表现为，作品中描写的事物、材料的取舍裁剪、构思立意的运化等，都显露出西洋作家的痕迹。十一谷义三郎先生的《花束》《天国》、金子洋文先生的《载送伤残士兵的红色电车》等，读起来就像西洋的童话故事；横光利一先生的《苍蝇》《碑文》等作品，也不乏类似童话的成分。这三位在创作时都定有明确的主题，但恕我发一句异声：我认为这三位的作品与其说是主题鲜明，毋宁说是深含寓意似乎更加贴切。为什么这样说？因为他们三位作品中所描写的世界，是游离于现实生活的另一个世界，从某种意义上说，正是有所寓意的童话故事。十一谷先生近来明显在努力超越日常生活，金子洋文先生的长篇《被杀死的吐绶鸡》及《地狱》也有些童话的味道，这样说也没什么不妥吧。

这一点，就构思方面也完全可以这样说。金子先生的《地狱》以及其他作品、横光先生的《太阳》《苍蝇》、十一谷先生的《花束》《天国》等作品的构思难道不是很相似吗？故事全都按照作者的意识来展开，是有意识的构成，为了保证作品的形式匀整平衡，而削弱现实中的必然性，为了融入主观意志而牺牲掉客观性，为了整部作品的完整而在多个地方进行夸张的表达和图案化。用一句平淡庸俗的话来说，就是一切都随心称意、太完美了。总而言之，可以说是从自然主义一下子飞跃到了距其最遥远的地方。这种构思法，是对自然主义之前的古旧传统的循复，不知道是不是可以说对西洋作家的模仿，但凭借出色的艺术直觉充分施展这种构思法，难道不正是新文学的一大要素吗？

十一谷先生自作品集《静物》以后，其近作几乎可以说都是失败之作，但他的创作态度我是感同身受的。在以上三位作家中，十一谷先生的灵智之镜最为澄澈，这在其作品的表现技巧中也有所显现，就作者所面临抑或说今后将面临的问题，也就是主题的深刻性方面而言，十一谷先生是未来可期的，因为从他的作品主题中我们可以看到，作者试图通过主观理想把握人生实相，始终不渝地揭示和解明人性之本。金子洋文先生的作品中开始糅入了情感，其作品含有"诗性"的天真纯美。横光利一先生的作品如若从其主题的人生价值（艺术价值）角度来看，我觉得算不上优秀，其创作态度的基调中似乎也没有那种澄净闪光的精神性。从作品中可以窥见，作者的精神性（也可称之为诗性）缺乏鲜明的色彩和形象，仅此而言，似乎给人的感觉是一切还有待于将来，不过就文章的表达技巧来说，还是处处闪烁着天才的灵光，作者创作手法上的才力，倘若再蕴以精神性的内涵，相信作品会给人留下更加深刻的印象吧。如果仅就创作要素的精神性而言，给这三位提一个简明扼要的希望的话，则分别如下：十一谷先生是行动，金子先生是深度，横光先生则是变化。

新文章论

（昭和二十七年四月）

一 茂吉·虚子·芜村

《文艺春秋》创刊三十年，嘱我写一点关于文章论的文字以作纪念，不是没有缘由的。

《文艺春秋》创刊于大正十二年一月，同年九月发生关东大地震，发行部便随菊池先生的家一同搬到了高田杂司谷的金山三三九番地。正是在金山，《文艺春秋》不断发展壮大，还出版发行了《文艺讲座》，我也应约为讲座写了《现代作家的文章》，那大约是三十年前的事了。

加入《文艺春秋》同人的时候，我还是一名学生，回过头来看，我的文学生涯就是从《文艺春秋》创刊的那一年开始的。怎么看这挥手三十年？我这三十年岁月，每一天甚至每一刻都会有不一样的感受，而正是这种不一样的感受，才令人感受到人生的自由。

当回首岁月漫长的文学生涯时，近来我的脑海总是会浮现起一首和歌、一首俳句。

  阳日终西沉　无可奈何迟迟去　人世如空蝉
万有空同本无常　此身浮幻总有竟

这是斋藤茂吉先生作的和歌。

  去岁连今岁　岁月相连真直贯　直如棍一根

这是高滨虚子先生作的俳句。

虚子先生的俳句是去年正月时读到的，茂吉先生的和歌则是今年二月。抱病的茂吉先生近年几乎不再创作，所见仅有这一首和歌。

茂吉先生的和歌和虚子先生的俳句，不约而同地深深打动了我。

不用说，这两位大歌人和大俳人与我辈相比，已是高龄，而他们漫长岁月所显现的人生之劲健当然也无须赘言了。

当我写有关他人的文章时，脑海中还会浮现出芜村离世前的那一幕。

二　荷风的诗

芜村在绘画方面常被人与同时代的大雅相提并论，在俳句方面则常被人与之前的芭蕉进行比较，与古今第一的人并举，似乎是为了将芜村奉为第二的缘故吧。不过，芜村就是芜村，有其独自的地位，这是世间的大致看法。能够让人将其与芭蕉、大雅二人并举，这是芜村的光荣，但是最终决定一个人的历史评判的，无非是世间一般看法的总和。

就是这样的芜村，却表示"三日不吟咏芭蕉翁的俳句，口角会生蒺藜"，觉得自己一直到辞世都"没能达到芭蕉翁那样的妙境"。听上去或许会让人感觉像是屈居第二的人的一种唏叹，是芜村的不幸，其实这恐怕是现代人的误解，芜村有这样一位先达，当属他的荣幸才是。

即使不通过像和歌、俳句这样的传统短诗形式，也可以通过散文即阅读先人的名文从中学到技巧，这也是掌握文章作法的第一法宝。那些时下的小说丝毫也看不出其对这样的作文法的重视，若是以它们为范本便会对芜村的心境产生误解。永井荷风先生之所以时常提出要尊森鸥外先生的文章为范本、熟悉和学习江户时期作家以及雷尼埃等法国作家的文章作法，就是因为这样的写作方法在现今几乎已经成为异例了。

说到永井荷风,如同茂吉先生的一首和歌、虚子先生的一首俳句一样,荷风先生同样有首诗令我难忘:

绝 望

绝望比老树干上的树洞还深

几多岁月之悲几多岁月之泪

我不知道自己的心有多幽阴

还一个劲儿地在那儿掘着洞

然而老树虽枯犹未败

树皮残存着、筋骨残存着

挺着丑陋之姿傲立阳光下

而我这饱受屈辱的残躯

因激愤而蠢动因反抗而挣扎

哀绝痛苦地暴露于世人面前

唯死亡是拯救虚无是恩惠

暴风雨,扑向老树吧

给我只消死亡便足矣

我祈愿的却不肯到来

我祈望的都已经消亡

暴风雨啊,让我去死吧!

这位《偏奇馆吟草》中的"影法师"曾说过,"六十年读书""六十年鬻文",还慨叹过"吾师吾友皆疾去"。

和茂吉先生、虚子先生、荷风先生等人长达六十年的文学生涯比起来,三十年很短暂,但在这三十年中,有多少同《文艺春秋》有着不了之缘的人离开了人世:芥川龙之介、菊池宽、直木三十五、佐佐木味津三、片冈铁兵、横光利一、池谷信三郎、菅忠雄等,回想起如今皆已不在人世的这些人的文章,我觉得,这也未尝不是一种缘。

三 作为范式的荷风、志贺

不像芜村有芭蕉、荷风有鸥外那样,如今许多小说家在文学之路上并没有可学习借鉴的先达,虽说尊荷风先生的文章为范本的、学习和模仿志贺直哉先生的文章的、怀着敬仰之情吟咏高滨虚子先生的文章的,于今仍不乏其人,但终究做不到"三日不吟咏芭蕉翁的俳句,口角会生蒺藜"。正是背离古法、失却范式,才导致了今日小说的文章猥衰、杂俗、支离破碎的吧。然而,时下一方面可以说全无小说作法、文章作法,也可以说文章得到了前所未有的解放和自由,活泼、新颖。仅以战后小说来说,既有织田作之助先生、坂口安吾先生、田中光英先生等人突破了文章的固有格式,也有大冈升平先生、三岛由纪夫先生等人创设了一种新的文章格式，还可以看到安部公房先生等人从这两方面都进行了大胆的尝试。

而且可以说，时下的小说的文章也并不是没有范本。例如，突破旧有格式、追求自由和率直的武者小路实笃先生及宇野浩二先生等人淡泊平易的文章，现在也已成为一种范本，受到推崇。此外，日文的一大支流——谷崎润一郎先生的文章——也称得上是我们的范本吧；井伏鳟二先生和堀辰雄先生的文章对照来读十分有趣，大概也可以算是范本；丹羽文雄先生的文章和小说表达富有张力，也是范本；大冈升平先生和三岛由纪夫先生的文章，毫无疑问都是新的范本；堀田善卫先生和安部公房先生也各自在作品中呈现出独特风格。

这样看来，每一位作家的文章，就是一种独特的范式，无疑应该这样来看才是正解。但是，假设硬要追求一个范式的话，就当前而言，应数永井荷风先生和志贺直哉先生的文章了吧。又或者，再加上谷崎润一郎先生（或里见弴先生）和武者小路实笃先生的文章？除此以外，久保田万里先生、内田百闲先生、写有《银汤匙》的中勘助先生等等，文章名手其实不少，只不过其影响力还不够广泛。

荷风先生在题为《暗日里的絮语》的诗中写道：

明知这世道活着太痛苦

我却未死仍旧苟活

只因世上还有那称作美的东西

美从哪里来

美来自诗篇

诗篇缀自隽妙的词语

隽妙的词语从哪里来

它来自旋律

旋律从哪里来

它来自悲伤

悲伤来自人的本性

本性来自传统

传统从哪里来

传统来自这生生不息的人间

这几句诗很好地体现了荷风先生的诗歌观、文章观甚至艺术观。无须赘言，荷风先生与谷崎先生的文章都根植于"美"和"传统"之上，两位都明显让人感受到拥有深厚的日本古典文化修养。荷风先生早在大正九年就指出："作为小说家功力不够的话，假如可以，莫如不要片刻不离参考书，而是去读一读安德烈·纪德的小说吧。""新式小说的范本，首推纪德、雷尼埃等人的作品。"(《小说作法》)能有这种先见，得益于其法国文学的修养。除此以外，就像谷崎先生在藤原时代的和文方面造诣精深一样，荷风先生在汉文方面造诣精深，但我以为，荷风、谷崎两位身上共通的深厚修养，抑或说两位身上所承袭的传统，无疑更多的是在于江户文学。荷风先生在江户文学方面的造诣无须赘言。荷风先生和谷崎先生都是明治时代在东京出生、长大，通过其时其地的风俗、风物以及日常生活所呈现出来的美感、情趣，而熟悉了江户的遗韵。不用说，这些都对其作品产生了深刻影响。谷崎先生用现代日语翻译了《源氏物语》，还在《少将滋干之母》中描写过王朝时代，文字和文章的游隙之间透着江户的气息。

在他们之前的美文家尾崎红叶、泉镜花，是日文方面出色的文辞大师，同样绽放着绚丽的江户传统之花。在鸥外、漱石、露伴等人身上，同样可以看到这一点。虽然不能说绝对没有极少数的例外（例如折口信夫先生的小说《死者之书》），但自明治以后，如果说有哪个时代的日文传统，仿佛为小说施予了文字魔法，为其表达锦上添花的话，那必定数江户。荷风先生在《文章作法》中引用了柳里恭的绘画之谈："大抵说来，这世上井底之蛙太多，没见识过梁唐宋元明的名画，所以作品缺少底力。"可惜，柳里恭之后的江户画家，大多只效法明清，却不愿意再往前溯流求源。人往往容易只接受前一时代的影响，譬如时下，大多数人往往只说明治时代如何如何。谷崎先生谙熟藤原时代和江户时代，这个姑且不说，今天我们的小说文章中，对于镰仓时代、藤原时代、奈良时代的日文抑或说日本传统文化的接受度如何呢？和歌方面，有"万叶调""古今调"和"新古今调"等，小说文章方面似乎还没有这样明确的命名。江户的文学传统，用一个字来概括就是"俗"，然而，越是江户文学传统鲜明的作家，其文章却越是体现出一种反俗的精神，这大概体现了传统与文章之间的某种辩证关系吧。切勿忽视这一点。

四　武者小路实笃

在这里，让我们姑且根据其文章风格将作家们分为"江户（传统）风格"和"非江户风格"（或称"反江户风格"）。德田秋声、岩野泡鸣等自然主义作家——特别是秋声先生——应该属于非江户风格吧。相同的出生地、相同的年代、同为红叶门下，但是镜花与秋声两位的文章风格却分处两个极端，这样的情形显示出日文表现力的宽度。志贺直哉先生、武者小路实笃先生等也属于非江户风格，从另一个角度来说，横光利一先生、堀辰雄先生等人也可以算是。菊池宽先生、芥川龙之介先生、久米正雄先生等"新思潮派"的作家，或许位于江户风格与非江户风格中间。

志贺先生和武者小路先生的文章,假如从其江户传统甚少这一点来说,或许可以认为其土里土气、修为不足。在围绕武者小路先生文学创作的"我走过的道路"座谈会(《心》今年第3期)上,谈到"白桦派"文学同人年轻时更加喜爱绘画时,武者小路先生表示:"和文学比起来,绘画一看就懂,因此也可以说,确实有不少人不想潜心搞文学创作了。"从潜心钻研、博览群书这点上来说,或许确实有点"好逸恶劳",即使现在,两位在文学事业方面也不是像谷崎先生那样,使出全副精力和努力,按照既定的目标扎扎实实地稳步前行,从他们的文章、文学风格中,似乎也能够感受到这一点。但是,他们始终贯彻着"自己的人生自己努力打造"这一信念,因而志贺先生和武者小路先生堪称是最有修为的人,其令人称羡的人生、精神风貌以及文章,都是建立在深厚的修养基础之上的。

前述的座谈会上,也谈到不少有关文章的话题:

河盛(好藏) 下面我们来聊聊先生的作品。《文学》杂志今年第1期刊登了题为《志贺直哉氏一席谈》的文章,其中提到,志贺先生有一段时期尝试模仿镜花的文体进行创作,他虽然喜爱漱石先生,但对漱石先生的文体却不怎么感兴趣。另外，认为独步先生晚年的作品有一种新鲜感，可能会成为新文体的探索方向，等等。我倒是觉得，其实武者小路先生您的文体对志贺先生的影响可能更大一些。这种文体是怎么诞生的呢，对此我非常感兴趣。先生在进行创作的时候，有什么文章您读了之后觉得这个可以作为范本的吗？

武者小路 虽然没有刻意模仿学习，不过当读了夏目先生还有独步先生的作品后，觉得自己也能写小说，这个倒是事实，而其他人的作品读了以后就没有自己也能写的感觉。另外，读镜花和夏目先生的作品，还让我有种感觉，原来日文表达竟能如此自由，真好啊，它们让我明白了运用日文可以自由自在地进行创作。不过虽然有这样的感觉，但我并不想模仿他们。我在学校学习写作文那会儿，是非常流行美文风格的时期，我的作文一直只有六分，当时六分可以说是最差的了，我就是不想照别人的样子去写……

谈到绘画的内容也很有趣：

武者小路 （一开始是）日本画，也完全不是像样的东西，出了名的差劲，还曾经被母亲和哥哥笑话过，说我的画简直太滑稽了。我画一只梨，他们就笑，说这怎么是梨？有了第一个女儿之后，我想把她的容貌描画下来，这是我开始认真学作画的契机之一。另一个原因就是，当时没人约我写稿，待在家里不写文章，那我可以作画呀。画着画着就越来越感觉有意思、越来越投入，每天画个不停，慢慢的终于有那么点像样了。我这个人的习性就是不干点事就浑身不自在，所以总想着做点什么事情。假如年轻时就显露出这方面潜能的话，也许我就去当一个职业画家了，但就是因为画不好所以才会特别感兴趣，就老是琢磨为什么画不好。我住在宫崎那个新农庄的时候，有次去宫崎一家旅店，看到庭院里有株苏铁，我想把它的树姿描摹下来，可怎么画就是画不好，画不好往那边伸展的羽毛状叶子和朝这边伸展的叶子之间的位置关系，我心里就犯嘀咕，就像有人绞尽脑汁想要解开一个难解的谜一样，做不好的事情总想尽一切努力把它做成。其实一直到现在还是这样子。比如画一只苹果或者土豆，如果画得好了一遍就完成，可如果画来画去都画不好，同一样东西就会反反复复画上好多遍。这样多年反反复复的下来，总算一点点有所长进了。我家孩子还小的时候，我在家里画画，结果被嘲笑说，家里生火的引柴不愁了。后来，我就每天都等孩子上学去了才开始画，有时候一边画一边还自言自语地哼唱着："再蹩脚也终会好起来的。"

从这些对话中，也可以很好地见识武者小路先生的真面目。然而，我们对此感兴趣的理由之一，是武者小路先生的谈话和文章，换句话说，就是他的口语和书面语非常接近。一个作家的文章往往与其说话风格非常相似，作品中的对话常常会反映出作家的日常说话癖习，武者小路先生就很生动地阐释了这种关系。

为了和这段谈论绘画的对话进行对照，我们再找出他写到绘画的文章来看看：

> 我开始画画已经有二十多年了。也许自己在绘画方面的确缺少天分吧，一直到现在，我还是无法把我看到的东西如实地画下来，所以我老是觉得自己在这方面真的不行。不过话说回来，因为能看见进步提高的方向，所以画画对我来说是件很有意思的事情……

即使正在忙着别的事情，但只要看到土豆啦，洋葱啦或者苹果、橘子什么的东西在眼前晃过，就忍不住想画下来，不只是觉得它们的形状好玩，它们之间的位置关系也很有意思。就说现在，我眼前就有两只苹果和三只洋葱，这五样东西很偶然地出现在我眼前，我想把这种状态画下来，所以我就琢磨着，等把这篇稿子写完我就要画它们了。

苹果一只是红的一只是绿的。一只洋葱已经长出了长长的绿芽，另两只还没有发芽，一只是圆的，两只是细长形的，圆的那只"站立"在那里，细长的站立不住，躺倒在圆的旁边，搭配得相当具有平衡感。被切断的茎一根垂向下方，另一根则是弯弯曲曲朝着上面，这个造型也很有意思。不由得让人心里想动笔作画。文学创作，绝对没有这种看着眼前景物就特别想动笔的感觉……

文学创作方面，也会有写得特别顺的时候，甚至比我画画特别顺心的时候还要顺，但这并不是说因为有大自然这个摹本，我只要尽力逼真地把它描摹下来就可以了，至少不像画画那样，把眼前想画的景物，用稍显神秘的形式——但它是确实存在的——画下来。有时候人家约我写小说，一时没有合适的素材时，我就先不动笔，而是画画，那种时候多开心啊。不过又不可能永远只开开心心地画画，所以画画对我来说才反而更加有吸引力吧。(《画画这件事》)

这是篇简直让人以为是谈话笔录的文章。武者小路先生的文章往往就像这样轻松平易、毫不造作。"写东西是件动脑子的活儿，特别是写小说或者剧本，必须要有剧情，而画画的时候就可以很放松，心无杂念，所以画画是件特别有意思的事情。"这篇文章中还有这样的话，事实上，这篇文章应该也是以"很放松，心无杂念"的心境写就的吧。"等把这篇稿子写完"，"就要画"眼前的苹果和洋葱了，仿佛让人看到了作者在急急地赶稿子的情景。写文章对武者小路先生来说，是将日常脑海里的所思所想记录下来而已，并不会为了写这篇稿子而冥思苦想。

其近作《真理先生》的开篇处，在"（真理先生＋大笨蛋＋白云＋泰山）÷5=此人"的算式上方，印着武者小路先生的自画像。括号中四人是小说中的人物，"此人"就是自画像中的作者本人，却是以上四人除以五。

在前述的座谈会上，有座谈嘉宾如是说道：

龟井（胜一郎） 我认为先生的文章给了其他人相当大的影响，可是想要模仿的话却怎么也模仿不了，志贺先生的文章则可以模仿，先生的文章看上去似乎可以模仿，其实却完全没办法模仿。

河盛（好藏） 说到武者小路先生，就像先生从独步先生身上感觉到的那样，似乎让人感觉到这样的东西自己也能写。不过最开始的时候，先生的文章可是经常被人批评的呢。

实际上武者小路先生的文章至今仍被人批评，不过说得非常婉转，婉转到了可笑的程度。近几年，我去观赏武者小路先生的绘画个展，会场上常常听到观赏者的议论，说他太出色了，还是稍稍稚拙一些才更加有意思。

宇野浩二先生将武者小路先生的文章特点归纳为"朴素、坚定、正直、平明"（《文章研究》）。应该说是既飘逸又坚定吧。里见弴先生提倡文章的要领是"文章即人"，他说："谁都会写文章，但只要摆脱不了平凡庸俗，就写不出好文章。"归根到底，文章最重要的是，"不在于怎样去表达，而在于怎样自然地呈现出来"（《文章说》）。完全如此，所有的文章论即始于这句话，也终于这句话，而将这句话深入浅出地给予世人实际例证的，正是武者小路先生的文章。

还有一点，武者小路、志贺、里见、长与等几位"白桦派"作家们，都极其肯定崇高的人生，而其后的作家们对于圆满而崇高的人生的肯定则夹带着怀疑态度，结果渐次转向了自我分裂和否定，对于左翼文学的认识不成熟，因而从文章中也看得出某种乖离，或者说脱离了历史和传统。武者小路先生的文章是对前一时代的文章的否定，所以被斥为"是在向前人复仇"，志贺先生在写给武者小路先生的信中便这样说道。然而，对于前一时代的否定，自横光先生以后与武者小路先生却有了截然不一样的含义，所以才成了悲剧。

五 《文艺春秋》的创刊词

我厌倦了受人之托代人发言。我不想再去顾虑读者和编辑的想法，只想以轻松自在的心情把自己想说的话说出来。相信众朋友中与我有此同感的人不少吧。另外，我所认识的年轻人当中，急切地想发表个人主张的人也不在少数。故此，既为了自己，也为了他人，我们出版了这份小小的杂志。

大正十二年一月,时年三十四岁的菊池宽先生,为总共二十八页、定价十钱的《文艺春秋》杂志所写的创刊词,就是如此简单而直截了当。以上这段文字略显空疏地排在第一页四个段落的第一段。

编后记则如下:

> 读了高山(畠)素之君一派那份名叫《局外》的杂志,突然也想办一份这样轻松的杂志。可待到编印出来才终于明白,其实这并不是那样简单就能做到的事情。
>
> 由于一开始是抱着简简单单的想法,所以这份杂志谈不上什么定位。假如稿源不足,很可能下个月就停刊,但如果杂志销路非常之好,也有可能扩充版面并刊登原创作品,将它办成一份像模像样的文艺杂志。
>
> 去年前后,许多人批评我,但我始终没有回应,因为我觉得跑到平生从未写过东西的报纸副刊上与他们论争,实在有点小儿科。但是从今年起,对那些继续非难攻击我的人,我想至少可以在这份杂志上予以回击。
>
> 对于赐稿本杂志的作者有话在先:原则上稿件一律付酬,尤其是文笔出众、以文为生的作

者，定奉不爽，唯所奉期日还望一任小志酌定；此外，每月金额高低不等，敬请鉴知。投稿也不胜欢迎，即使无名之人，只要言之有趣即可采用，但取舍之选择概由编者决定。

《文艺春秋》创刊号还刊登了春阳堂编辑出版的《菊池宽全集》的发行广告，广告写道，（菊池氏的）《恩仇的彼方》被译介到英国和意大利，《复仇逸话》《奇迹》被介绍给美国剧坛，《父归》则分别由纽约和伦敦的剧团公演。

我顺带还找出了《文艺春秋》创刊七年前即大正五年，由菊池先生、芥川先生、久米先生等人创办的同人杂志《新思潮》，发现其编后记与《文艺春秋》的编后记极为相似，不由暗暗吃惊。《新思潮》的编后记署名是"K代表以上五人记"，这位K氏应该是久米先生吧。

> 承袭"新思潮"这个名称不单单是为了发行考虑，望读者切勿存先入之见……

> 限于同人的财力，目前本杂志每月只能尽力维持在六七十页左右。纸张本欲使用更好的，无奈纸价高腾，实在不堪负担，待发行状况稍见起色，小志将渐次改善。

> 鉴于以上种种理由，小志当合奉赠众亲友一

哂，唯目下实在不敢奉赠。故此出于自利之考虑，还恳望众亲友鼎力支持吾等的努力，踊跃购阅小志，相信内容绝不会令诸位感到失望的。

当时文坛同人的文章风格居然如此相近，很容易让人以为这篇编后记也出自菊池先生之笔呢。我近来忽然惊讶地发现，芥川先生的短篇小说与菊池先生的主题小说出奇的相仿。当然，从这两篇编后记也可以看出，菊池先生与久米先生二人相似之中的微妙但却是明显的差异，且看署有久米之名的某些文章段落：

本月完成的这些文字，于我而言从各个方面讲都是极其有意义的，因为它不仅是我的小说处女作，也是我的人生处女作。然而自我感觉非常遗憾的是，它没有从正面去触碰时下的某些问题，不过，有朝一日总会去触碰的。

草田氏随稿件一同寄来的信上说，他写的戏曲不想让人产生是从武者小路氏的"某次谈话"中得到启发的误会。附记一笔。

"草田杜太郎"是菊池先生的笔名，其时独自一人去了京都大学。久米先生的处女作是《父亲的死》，写某小学失火,天皇与皇后像被烧毁,校长父亲因此而自杀。久米先生写道:"八岁那年春天发生的一大事件,将我幼年脑海里之前的所有记忆统统抹去,就像黑板被擦拭一净,变成一块崭新的空白黑板一样。"(《父亲的死》)

久米先生昨日也去世了。我守夜回家,接着写这篇小文。菊池先生、芥川先生和久米先生这三人皆已去往他界。而在动笔写这篇小文的时候,值高田保先生去世,当时久米先生还写了首俳句悼念高田先生:

泠泠春雪纷　漫天翻飞终落坠　岂是他人事

谁料不过数日,久米先生竟也一命呜呼,去世那天是二月二十九日,正好下雪。

六　小林秀雄

由武者小路先生、志贺先生、菊池先生等人的文章,我还联想起小林秀雄先生的文章,例如《真伪》。这本集子无论从哪里拎出一篇来读都令人叫绝,姑且就从为首的《真伪》这篇开始:

最近，对于书画古董我基本上不再失却平常心了，用一句更加贴切的话来说，我已经不会再为此而发昏犯神经了。我有位朋友叫青山二郎，他从孩提时代起就狂热地喜欢上了瓷器，结果为此连中学都没有毕业。他传授了我不少瓷器知识。有一次，我在镰仓发现一只精美的"吴须赤绘"盘子，出手买了下来。这是我第一次收古董，毫无经验，连究竟是不是真的"吴须赤绘"都吃不准，揣着它忐忑不安地回了家。后来在东京跟青山说起，他仅仅根据我描述的图案和色彩便说道，我不用看，你肯定上当了。遭此当头一棒我自然心里无法接受，于是好说歹说地硬拉着他来到镰仓，当面掌眼下来果然就是件赝品。平常，扯起文学的话题我总是把他说得哑口无言，此时他终于扬眉吐气了，狠狠地数落了我一通，说我自以为懂，竟然敢独自去收买古董。他警告我说，千万不要小看瓷器，瓷器这里面的门道深着哩。最后，还逼着我在横滨中华街请他吃了一顿，算是付给他的鉴宝酬劳。当晚，我躺在床上，心疼得怎么也睡不着觉，心里一阵阵郁闷，于是又打开灯，盯着博古架上的瓷盘细细端详。它是那么美，美得让人心头发颤。这劳什子，你等着，明天把你搁在腌酱菜的石头上砸个粉碎！这么想着，熄了灯躺下。可是马上忍不住又想再看几眼。我的眼光一定是有问题，好吧，从今往后再也不碰瓷器古董什么的了。漏尽天明，早饭也顾不上吃，我便抱起装着瓷盘的匣子，乘上电车。到了新桥站，站在月台上，心想这可是决定我今后人生方向的大事，于是从匣子中取出瓷盘，又赏玩了许久。它仍像刚买来的时候一样美。浮伪伧劣的瓷盘意味着我的人生也是浮伪伧劣的，这可绝对容不得模棱两可。拿定主意后，我径直来到青山曾领我去过数次的"壶中居"，将匣子递给了店铺掌柜。他默不作声，打开匣子快速觑了一眼，随即阖上匣盖，系好绑绳，显出兴趣不大的样子，只说了句："这是件好东西。"我一下子糊涂了，呆在那里反应不过来。掌柜问："怎么回事？是谁送你的吗？"我把昨天的事情经过叙述了一遍，说："尽管掌柜说是好东西，可是我不想再看到它了，看见它就倒胃口，不如放你这里寄售吧。我走了。"他笑了，但我笑不出来。这时候店里的伙计端来茶水。掌柜将盘子从匣子中取出，对伙计道："这个可千万不能看走眼噢，你先好好看一看!"两个人坐在那里闲谈之际,伙计坐在屋角落目不转睛地端详着瓷盘,隔了好一会儿哭丧着脸说:"看不出什么名堂啊。""看不出?"掌柜脸朝着这边漫不经心地说道。伙计把盘子放到陈列架上,端了把椅子坐在架子前,一动不动,屏息静气地继续端详。这只盘子后来被佐佐木茂索先生买了去。这已经是很久以前的事了,不知道现在他是否还留着这只盘子。青山当时怎么会如此看走眼,我直到现在也想不明白。

很有意思吧。是不是我所引的刚好是集子中最有趣的一篇呢?再来读读其他文章,竟然完全不输《真伪》,全书读下来都十分有趣。例如这篇《年龄》:

某次,在与正宗白鸟先生座谈时谈到了《平家物语》。正宗先生认为,俊宽这个人物,菊池宽和仓田百三都曾写过,那是费力不讨好的瞎折腾,因为写俊宽的作品为数不少,但还是《平家物语》中的人物形象最出彩。我完全赞同他的看法。独自一人被抛在孤岛上的俊宽的心境,《平家物语》的作者并没有费神去描写,只用"道是梦境却分明是现实,道是现实却又恍如梦境"一笔带过。后世的作者大概是觉得这样写太不过瘾,于是添油加醋地试着加上形形色色的分析和说明,而所有的推量其实全都是枉然。《平家物语》只描写读者看得到的物事,在写到这一情节时镜头感十足地用了"顿足"二字——"僧都顿足,大声唤道:'等一等!让我登船一起走!'只见小船早已棹桨而去,船后漾起一长道白波。"

《平家物语》光读是不行的。这是很早以前听人讲起过的。今天的我们已经不可能听人合着曲调歌吟《平家物语》了,但仍旧可以通过各种方法,去阅读并认识其作为一种无可动摇的象征性存在的高超文章。这种方法关乎年龄,限于大脑智思而无法理解事物的年龄,与大脑无法准确把握物事,这两者之间是紧密相关的。基于这个原因,当我们思考"传统"的时候,几乎找不到一个细细品量传统主义者的主张之后再接受的先例。"传统"原本就是一个伪概念,也不存在"传统思想"这样的东西,我们只能说有善于和不善于追念往昔之别。所谓善于,就是能够看到往昔、能够以某种形式感受到它。传统其实就类似于惯习，没有一个人是生活在其中的，莫如说是每个人根据自己的能力创造出一个往昔的形象，他人对这个形象无法妄下定义，倘是《平家物语》作者的话，可能还会歌吟一句"道是古先却分明是今世，道是今世却又恍如古先"吧。

接下来，小林先生还对谷崎先生的《细雪》进行了非常巧妙的批评，他说《细雪》之所以能"打动众多读者的心，归根到底是鲷鱼还有樱花这一类日常生活道具的魅力，沉浸于这部小说的普通读者，我能够想象出他们是用一种非常轻松平静的心情阅读的样子"。

在现代很难找到这部作品的类同文体，读后根本发现不了哪里有破绽，堪称名文。那位名叫雪子的姑娘，心里究竟想的什么，无人知晓，可偏偏其形象却鲜活地浮现于眼前，这一点着实有趣。周围众人被这位难窥真相、莫名其妙的姑娘的洁纯所吸引，发生种种故事，却都以失败告终，这一点也很有趣。在这部作品中，只有雪子一个人生活在孤独之中，而本人却似乎并不自觉孤独，"细听枕畔雪珠响"的好像只是作者自己，这一点更是非常有趣。

读小林先生的文章仿佛觉得小林先生是在解读自己，凡是有个性的文章无一不是如此。昭和四年，二十五六岁的小林在其处女作《创意种种》的开篇，引用了安德烈·纪德的一句名言："怀疑或许正是睿智的开始。然而，睿智开始之处，艺术也就终结了。"他接下去写道："不知道对我们来说是幸还是不幸，世界上没有任何事情是可以用一种方法轻易解决的。人类在遥远的往昔随意识一同获得了语言这个我们用以思考的唯一武器，但至今依然如昔仍无法终结语言的魔道，没有任何一个崇高的词语不让人联想到恶劣，也没有任何一个恶劣的词语不让人联想到崇高。然而，假如语言丢掉了它令人惘惑的魔幻外衣，就只不过是一个虚幻的影子而已。"这已是二十多年前的事了，小林先生交错着怀疑和回答的文章，成为他今日文艺评论的出发点，短小精干的文章中所蕴含的观念的统合及曲迂，正是其充满活力的魅力所在。或许有人甚至会觉得其文章具有魔术，但小林先生那种"了了可见""能活灵活现地感受到"的天然异秉，的确是非常绝妙和突出的，用词、句法以及语气等既独具一格又严谨缜密，和武者小路先生、菊池先生等人的不事雕饰有所不同，极具现代性。

七 评志贺

小林先生初期、也就是尚在读书期间的评论文章中，《志贺直哉论》(《思想》杂志，昭和四年第12期）非常出色。他对志贺先生的文章这样评论道：

> 譬如，对于《和解》，人们对孩子死去这一节的描写都觉得非常细腻详尽，并且惊讶于作者在那样的场合仍然未失观察之眼。这真是滑稽。对于那样一个事件，单是以观察的眼光去看待本身就已经是件很滑稽的事情，恐怕是志贺氏将有些事情不妨不去看这一点忘得干干净净，结果看了个栩栩如生吧。这一事实令人吃惊。但更为重要的是，志贺氏不只是他并没有想看事实上却看了，而是只要他想看，就可以去观察任何完全不必要的事物，他对这一点是心知肚明的。也就是说，志贺氏的视点的自由度完全取决于志贺氏的资质，而他的资质得自造物主的天睿，不容怀疑。故此，对志贺氏而言，对象不只是为了文章表达可以根据作者意识随意增删的，而是志贺氏眼睛看到的诸般景物就是对象。

后来小林秀雄再论志贺先生的时候，表示"我写过读了《和解》流泪了，无须赘言，这是因为志贺氏的文章没有些许感伤，却自始至终都贯穿着一种强烈的令人感动的东西"。与之相比，其后的作家们试图以情感征服读者的作品，显然不再具有"强烈的感动"和"思想深度"。

> 前些时候，在同志贺氏的一次座谈时，泷井孝作氏说了如下一席话，我非常有同感——这或许是我自以为是吧。泷井氏说，日本的诗歌精神中，其实没有抒情这一传统，至少在第一流的作品中都看不到抒情，《万叶集》如此，芭蕉被称为"蕉风"的俳句作品也是如此。相对于抒情的，应该说它们更是现实主义的。譬如大自然，看上去一如平常，但其实在它前面遮着一块幕布，只有上前揭开幕布才能看到里面的东西，不管是山、鸟抑或一只怀表，你清清楚楚看到眼前的景物，然后准确地将它们表达出来——这就是诗歌，你的内心深处情不自禁想吟唱的时候，诗歌自然而然就流淌出来了。
>
> 假如照此所说，诗歌诞生的机制和传统在和歌以及俳句中也同样存在的话，则从这个意义上来讲，志贺氏作品中的现实主义是极具诗性的。

志贺氏的文章技巧，在当代一流小说家中是最为单纯的，或者换个说法，也可以说是最俭贫的，但是其作品所具有的纯粹抑或强大的个性却是罕有伦比的，它不是一般的名文，每一个要害之处，都逃不过作者那双敏锐的眼睛。

日本的诗歌精神中果真不存在抒情传统吗？显然，反证并不难列举，或许泷井先生自己就能举出反证来。然而，泷井先生在同志贺先生的座谈时这样说，在我看来，这本身就是一个重要的事实，或者，小林先生将泷井先生说的话记下来，这也是一个重要的事实。我对此并不感到惊讶，我自己常年写文章时经常会联想到志贺先生或泷井先生的文章，因为我很容易沉湎于一种难以捕捉的伤感情绪，因而也被认为文章很抒情。

片冈良一将横光先生在文章上的不断探索归因为"在现实主义这条道路上志贺氏已经达到了顶点，所以才会催生如此悲剧"，认为横光先生"看到了志贺氏的现实主义遭遇的极限，因而放弃了对现实主义的追求"。"也就是说，正因为这样，才使得横光氏不像一个'探求真实的作家'，而变为'有心机的、作秀式的作家'。他对照注定与自我毁灭这样一种时代苦闷无缘的志贺氏，将关注精准地对准了其少有触及的终极主题，由此带来的苦恼与不安成为作品的主要基调,当然概而论之,这只能是虚构与人为设定所构成的故事,而这才是横光氏的作品。"(《新感觉派时代的横光利一氏》)

横光先生在他那篇不长的芥川龙之介印象记的开头写道:"每次见面必定要对志贺直哉侮蔑一通。"横光先生自己也是如此。芥川先生对于志贺先生,有一种"小鸟在老鹰面前般"(佐藤春夫语)的自卑感。谷崎润一郎将志贺先生和芥川先生两人的差别形容为"有无肌肉力量感"。芥川在刚满二十八岁时曾经写道:"假如塞尚称得上是画家中的画家,那么可以将志贺直哉称为小说家中的小说家。"(《大正八年的文艺界》)"自我毁灭"的织田作之助先生、太宰治先生,本意是举刀砍向志贺先生结果却伤了自己,那是战后的事情。"小说家中的小说家"志贺先生,是我们的塞尚,还是近代绘画之父塞尚?显然他不是塞尚,因为其后志贺先生就再也没有进行过任何新的尝试。

谷崎润一郎先生在《文章读本》中,将文章风格分为"源氏物语派(和文调)"和"非源氏物语派(汉文调)"两大类,并且举出志贺先生的文章作为后者"简洁文风"的范式:

> 要说志贺氏的文章最异乎常人的地方,就是印刷在纸上的活字读上去似乎特别清晰、鲜艳。

这么说，并不是指志贺氏的文章使用了特制的活字，不管是单行本还是刊登在杂志上的文章，无疑都是使用普通活字印刷出来的。尽管如此，不知为什么读起来就是感觉特别美，仿佛这些文字的活字特别大，纸张也特别白，特别醒目地扑入眼帘。这似乎不可思议。为什么会让人产生这种感觉呢？这其实是作者词汇选择、文字组合上极其慎重，花费了很多心思，不肯随意落笔写下任何一个字的结果。因此，作者的情意自然而然传达给了原本没有生命的活字，就像书法家以浓墨粗笔一丝不苟地写好一笔一画，将饱含笔力的文字跃然欲出地呈现给观赏者那样。

　　文章要达到这样的境界绝非易事。普通人写的文章印刷在出版物上之后，活字大抵是浮在半空、几乎就要飘走似的，而志贺氏文章使用的文字，即使变成活字印在纸上，却仿佛在纸上深深扎了根一样。志贺氏并没有使用特别抓人眼球的华丽的文字或词语，在为数众多的作家中，志贺氏是那种不喜欢使用夸张华丽的词句以及冷僻汉字的人，文字质朴、通俗易懂。其文章要领可以归结为，叙述尽量紧凑、字数尽量精减，将一般人长达十行二十行的内容压缩至五六行，形容词之类也尽量选择最普通、最易懂、最符合文章情境的。如此，他的文章中的每一个文字都承载了紧凑、充实的信息量，同样一个活字，却具有两三个活字的价值，映入眼帘自然也就仿佛完全变了模样似的。

谷崎先生的文章通俗明了、热情细致、博闻强识、循循善导，令人读来信服。同一件事变换说法、变换角度反复强调，文脉流畅，语气平顺，但含义绵长，句子也较长，同志贺先生的作品正好相反，应该可以称之为"华美风格"吧。对于自己这种风格，谷崎先生认为："时下，众人都喜欢使用干净利落、简明直白的表现方法，结果这种风格就显得落伍不入时了。但我以为，这才是最能够发挥日文特长的文体，所以，还望今后能够稍稍恢复一点呢。"泉镜花先生、里见弴先生、宇野浩二先生、佐藤春夫先生等，姑且也可以归入这一派。其后的作家们，既有秉持这派风格的，也有尝试将冗长懦弱的文章作为错综分裂的复杂心理的外在呈现，或者意识流、内心独白的一种表现形式的。

川端康成 | 作者
かわばた やすなり 1899—1972

日本文学巨匠,1968年诺贝尔文学奖得主。代表作包括《雪国》《古都》《千羽鹤》《伊豆的舞女》《花的圆舞曲》《舞姬》《睡美人》《湖》《山音》等。

陆求实 | 译者

上海翻译家协会理事、中国翻译协会专家会员,长期从事日本文学译介工作,翻译出版有夏目漱石、太宰治、中岛敦、谷崎润一郎、川端康成、吉川英治、井上靖、松本清张、渡边淳一、村上春树等名家名著多部,曾获"日本野间文艺翻译奖""上海市优秀中青年文艺家"称号等。

图书在版编目（CIP）数据

川端康成：文章讲谈 /（日）川端康成著；陆求实译. -- 北京：商务印书馆，2024. -- ISBN 978-7-100-24575-3

Ⅰ.I106

中国国家版本馆CIP数据核字第202433YK18号

权利保留，侵权必究。

川端康成：文章讲谈

〔日〕川端康成　著

陆求实　译

商 务 印 书 馆 出 版
（北京王府井大街36号　邮政编码 100710）
商 务 印 书 馆 发 行
北京市十月印刷有限公司印制
ISBN 978-7-100-24575-3

2024年11月第1版	开本 787×1092　1/32
2024年11月第1次印刷	印张 6

定价：58.00元